독자님, 이렇게 책으로 만나뵙게 되어 영광입니다.

블로그, SNS, 유튜브 등에 이 책을 읽은 리뷰를 남겨주시면

큰 힘이 됩니다.

리뷰에는 사진을 찍어 올려주시면 더욱 감사합니다♡

동영상으로 촬영하셔도 됩니다.

독자님의 따뜻한 감상평은 독서의 시간을 더욱 아름답게 할 것입니다.

앞으로도 더 좋은 책으로 만나뵙겠습니다.

지금, 내 꿈을 응원합니다

지금, 내 꿈을 응원합니다

초판 1쇄 발행 | 2020년 11월 30일

지은이 | 김영채
펴낸이 | 김지연
펴낸곳 | 마음세상

주 소 | 경기도 파주시 한빛로 70 515-501

신고번호 | 제406-2011-000024호
신고일자 | 2011년 3월 7일

ISBN | 979-11-5636-436-8 (03810)

원고투고 | maumsesang2@nate.com

* 값 13,200원

* 마음세상은 삶의 감동을 이끌어내는 진솔한 책을 발
간하고 있습니다. 참신한 원고가 준비되셨다면 망설이
지 마시고 연락주세요.
이 도서의 국립중앙도서관 출판예정도서목록(CIP)은
서지정보유통지원시스템 홈페이지(http://seoji.nl.go.
kr)와 국가자료종합목록 구축시스템(http://kolis-net.
nl.go.kr)에서 이용하실 수 있습니다. (CIP제어번호 :
CIP2020046063)

지금, 내 꿈을 응원합니다

김영체 지음

마음세상

들어가는 글_남의 떡이 커 보인다 … 8

제1장 지난 삶을 돌이키며
　　　후회 없는 인생이 어디 있으랴 … 12
　　　촌놈, 김영체 … 17
　　　풍족하지 않았던 유년 시절 … 22
　　　우물 안에 갇혔던 학창 시절 … 27
　　　평범한 사회 초년병 … 33
　　　공부에 한이 맺히다 … 38

제2장 내 삶을 바꾼 감사의 힘
　　　감사일지를 만나다 … 44
　　　무엇을 어떻게 써야 하는가 … 49
　　　꾸준함이 곧 탁월함이다 … 55
　　　달라지기 시작한 삶 … 59
　　　감사로 맺어진 사람들 … 64
　　　얼떨결에 세상에 나온 책 … 69
　　　나의 소중한 유산 감사일지 … 74

제3장 꿈꾸다, 살다
　　　인생 2막, 꿈을 꾸기 시작하다 … 80
　　　꿈을 찾아주는 「꿈·잇·다」 … 85
　　　내 꿈은 현실이 된다 … 90
　　　맨발로 땅의 기운을 받다 … 95
　　　독서는 인생에서 필수과목이다 … 99

건강해야 꿈을 이룰 수 있다 … 105

생각학교 ASK … 109

제4장 버킷리스트

부모님 집 짓기 … 115

진솔 산림기술사사무소 신사옥 … 120

산림 분야 고수되기 … 125

매일 글쓰기와 책 출간 … 130

석·박사학위 … 133

영어 문맹인에서 탈출하기 … 138

세계여행 … 142

제5장 오늘, 지금 이 순간

꿈을 이루려면 돈이 필요하다 … 148

어제의 꿈, 오늘의 꿈 … 153

가슴 설레는 순간을 만들어라 … 158

함께 성장한다 … 163

우리는 평생 지금만 산다 … 168

나를 움직이게 만드는 힘, 꿈 … 173

지금, 바로 시작하는 것이다 … 177

나가는 글_소박한 삶을 찾아서 … 181

남의 떡이 커 보인다

'남의 떡이 커 보인다.'라는 속담이 있다. 인간은 남과 비교하는 속성을 그대로 잘 표현하고 인간이 갖는 욕심은 끝이 없음을 나타내는 말이다. 누구나 남의 물건이 더 좋으리라 생각한다. 왠지 내가 가진 것은 초라해 보인다. 실제로는 그렇지 않다는 사실을 잘 알면서도 말이다.

누구에게나 상처가 있다. 우리가 흔히 말하는 금수저들도 그 나름의 아픔이 있을 것이다. 다만 각자 가지고 있는 아픔 정도가 크고 작음에 있을 뿐, 모든 인간은 아픈 상처를 갖고 있다.

글쓰기와 책 쓰기를 수업을 하시는 이은대 작가도 큰 상처가 있었다. 이은대 작가의 상처는 보통 사람이 겪어보지 않은 상처이다. 이은대 작가는 감옥에서 보낸 1년 6개월 동안 책을 읽고 글을 썼다. 그 누구에게도 글쓰기를 배우지 않았고 감옥에 수감되기 전까지도 책을 가까이한 사람이 아니었다고 한다.

세상에 많은 사람이 죄를 짓고 살지만, 모두가 감옥에 가는 것은 아니다. 법도 인간이 만들었고 법 해석도 제각각 달리하고 있다. 모두가 자신이 유리한 방향으로 해석하려고 한다. 이은대 작가가 겪은 상처는 보통 사람들이 접하기 어려운 상처이다. 많은 사람이 죄를 짓고 전과자가 될 경우, 스스로가 위축되며 평범한 사회 구성원으로의 생활이 어려운 경우를 마주하게 된다.

애민사상을 바탕으로 타인의 성공을 돕는 책 쓰기 수업은 그의 마음 어디에서 비롯된 것일까? 매일 글쓰기가 있었기에 가능한 것이다. 함께 책 쓰기 수업을 수강한 어느 예비 작가는 이은대 작가를 '입으로 하는 강의가 아니라 심장으로 강의 한다'고 말한다. 나 또한 공감한다.

세상 모든 일에는 진심이 통한다. 어떤 이와 대화를 나누다 보면 저 사람의 이야기에 감동이 있거나 진실이 담겨있으면 그냥 느낌으로 알게 된다. 마찬가지로 글에서도 진심이 담겨있으면 글이 자유롭다. 독자들에게도 진실이 전달될 것이다. 책을 쓰는 이유도 바로 여기에 있다.

평균 수명이 늘어났다. 백세 시대를 사는 지금, 반 백년을 살아왔으니 전반전을 마친 셈이다. 새로운 후반전을 준비할 때이다. 전반전 인생은 좋은 점수를 주기 어려운 경기였다. 축구 경기로 말하자면 경기내용도 상대편보다 특별히 잘했다고 내세울 것이 없다. 유효슈팅은 몇 번 있었는가? 질문에 아무런 대답을 할 수 없는 심정이다.

돌이켜 보건대, 전반전 인생에 유효슈팅은 있었다. 40대 초반에 무모한 도전을 하여 기술사 자격증 취득했다. 골대를 흔들어 놓았다고 스스로 자신을 한다. 내세울 것 없다고 한 전반전이지만 절대 부끄럽지 않은 경기를 펼친 것이다.

남의 떡이 정말 커 보인다고 하더라도 내 떡도 맛이 있고 크다고 우겨볼 작정이다. 그래야 내 떡이 점점 커지게 될 것이다.

내 삶의 평가를 누가 하는가? 오로지 신(神)만이 할 수 있다. 내가 신(神)이 아닌 이상 자신을 평가절하하지 말자. 그냥 나만의 개성과 강점에만 집중하여 오늘도 최선을 다한다. 이 또한 책을 쓰는 이유이다.

전반전 인생을 평가절하기보다 막 시작된 후반전에 최선의 노력을 다하는 것이 바람직하지 않을까? 오십 인생 살면서 깨달은 점들을 혼자 품고 있기보다는, 책에 담아 세상에 남김으로써 더 선명하고 오래도록 기억하고자 함이다. 화려한 꽃보다 향기 진한 꽃이 되고 싶다. 많은 벌이 오가는 꽃이기보다는, 한 번 찾은 벌이 잊지 못할 꽃이 되려 한다. 오늘에 충실하고 내일의 희망을 잃지 않는 인생. 남의 떡을 훔쳐보며 시기하고 질투하는 대신, 내 손에 쥔 떡으로 누군가를 도울 수 있는, 그런 삶을 꿈꾼다.

제1장
지난 삶을 돌이키며

후회 없는 인생이 어디 있으랴

하루를 마감하고 이부자리에 누웠다. 잠자리에서 일어나 다시 잠자리 들 때까지 지나온 하루를 떠올려 본다. 분명하지 말아야 행동이 있었다.

오전 7시 30분경 집에서 나섰다. 멀리 봉화로 혼자 출발한 것이다. 집에서 나서기 전, 옆지기님이 사다 놓은 팥빵이 식탁 위에 있었다. 촌놈인 난 팥빵을 좋아한다. 그냥 달기 때문이다. 식탁에 올려진 팥빵에 무심결에 손이 간다. 간단히 먹는 아침 식사 대용이다.

평소에 아침 식사는 간단히 허기만 채운다. 팥빵 하나는 아침 식사로 충분하다. 봉화로 가는 길은 중앙고속도로를 통해 안동까지 달린다. 안동에서부터 국도를 따라 현장까지 간다. 고속도로 휴게소에 들러 아침밥을 사 먹을까? 하는 유혹이 있었다. 마침 휴게소 두 군데를 지나쳤다. 그때까지만 해도 유혹을 잘 참았다. 참는 자신이 자랑스러웠다. 안동을 지나자 유혹을 참지 못하고 말았다.

아침 식사 영업을 하는 식당이 잘 보이질 않는데 마침 국밥을 파는 식당이 눈에 띄었다. 유혹을 이기지 못하고 식당에 들어가 아침 식사를 한 번더 한 꼴이 되었다. 과식하게 된 것이다. 한 그릇 국밥을 먹은 게 후회할 일인가? 똥배가 나와 있어 복부지방이 심각하다. 아침에 먹은 국밥 한 그릇은 장수하는 데에 걸림돌이 된다. 적게 먹어야 오래 산다.

지난, 반 백년 간 살아온 흔적을 돌이켜 본다. 어릴 적은 갱시기(갱죽)를 먹는 날도 많았다. 그 당시에는 온 나라 경제 사정이 안 좋았다. 굶은 적도 많았다. 입대를 한 후부터 음식의 질적인 측면은 상관없이 양으로 매일 세끼를 먹었다. 얼굴에 살이 붙였다. 이전까지는 몰골이 형편없었다.

사회생활 시작하면서부터 경제 활동으로 인하여 굶은 날이 없었다. 가끔 회식하는 날에는 육식도 한다. 육식으로 인해 점점 몸무게는 늘어나고 중년들의 공통점인 똥배가 나오게 된다. 근육은 쪼그라들고 내장지방만 늘어나게 된 것이다. 과식보다 소식으로 건강한 육체 꾸준한 운동을 통해서 백 세까지 살 수 있다는 진리를 알면서도 탐식을 참지 못했다.

신체에 대한 불만이 많았다. 내성적인 성격, 소극적인 행동과 부끄러움이 많은 성격, 남을 지나치게 의식하는 행동은 나 자신에게 반문해봐도 썩 내키지 않는다.

초등학교 중고등학교 시절에는 공부는커녕 꿈조차 꾸지 않았다. 먹고 사는 데 급급하여 하루하루를 버티기에 여념이 없었다. 미래지향적인 목표, 즉 꿈을 꾸려고 하지 않았다. 그저 무사히 세월을 보내는 것이 최고였다. 부모님께서는 아직 생존하여 계신다. 아흔이라는 연세에도 큰 병이 없으시니, 분명 난 억수로 운 좋은 사람에 속한다.

학창 시절에 공부에 그리 관심을 두진 않았다. 4년제 대학교를 졸업하고 산림조합이라는 첫 직장을 다녔다. 지금의 나는 산림 분야에서 자리매김하였으니 그저 감사할 뿐이다. 그 과정에서도 잘못된 선택도 있었으며 그 잘못된 선택은 시대가 바뀜에 따라 더 잘된 선택이 되었다.

토목공학과를 다니고 있던 대학 4학년 때, 지방직 9급 공무원 시험에 응시하였다. 최종합격까지 하였다. 여름방학 때 선산 군청에 발령까지 난 적이 있었다. 공무원은 직장이 안정적이지만 급여가 얼마 되지 않는다고 들었다. 쥐꼬리만 한 월급으로 어떻게 생활할 것인가? 하는 의문이 들어 임용을 포기한 적이 있었다. 곧바로 7급 직렬에 응시하기 위해 공부를 다시하였다. 사회생활을 시작한 후 알았다. 굳이 7급직 공부하는 시간과 노력을 9급으로 빨리 발령받아 호봉도 올리고 업무처리에 인정을 받으면 승진이 더 빠를 수 있다는 사실을 알 수 있었다. 7급직에 도전하기 위해서 2년간 허비한 세월이 후회스럽다. 지금의 세대는 대학 졸업 후 취준생으로 다시 공부하는 경우가 많다.

7급직 준비하는 2년 동안 열심히 공부하지 않았다. 허송세월 보`냈다. 가정형편이 좋지 않았으나 대학 4학년 때 토목기사 자격증을 취득하였다. 재택근무하고 있었기에 풍족한 급여를 받지 않았으나 혼자서 쓰기에는 부족하지 않았다. 경제적으로 어려움이 없다 보니 공부가 절실하지 않았다. 2년간의 세월은 지금 냉정하게 바라보면 내 과거의 삶에서 아쉬움이 가장 많은 시기이다.

책 쓰기 수업을 같이 듣던 모 예비 작가와 책 쓰기에 관한 많은 이야기를 나누다가 자신이 살아온 과거들을 술술 털어놓는다. 겉으로 판단하기에는 분명 나보다 훨씬 좋은 환경에서 자랐으며 행복해 보였다. 아픈 상처들을 하나씩 하나씩 들으니 의외의 충격을 받는다. 어머니와 일찍이 이별하고 맏이로서 동생들 도시락 싸주면서 야간학교 다닌 이야기, 방송통신대학에서 어렵게 공부한 이야기, 아버지의 폭행 이야기, 이혼한 이야기, 그 모든 이야기는 행복과는 거리가 먼 이야기들이었다.

그에 비하여 나는 어떠한가? 너무도 좋은 환경이었다. 경제적 어려움만 빼고는 육 남매들과 성장 과정에서 아웅다웅 다투기도 많이 하였으나 지금은 아름다운 추억으로 남아있다.

인기 많은 연예인, 수억대 연봉을 받는 운동선수, 권력을 가진 정치인, 대학교수 외 많은 사람이 부러워하곤 한다. 그들이 정상에 오르기까지의 과정은 잘 모른다. 그들이 흘린 땀을 기억하지 않는다. 오로지 결과만을 볼 뿐이다. 인기 많은 연예인 운동선수가 되기 위해서 노력이 쌓여 피와 땀을 흘려야 했을 것이다. 매일 흘리는 땀이 반드시 견실한 열매가 맺게 된다는 보장은 없다. 일부는 세상 사람들의 입에도 오르지 못하고 무명 연예인, 무명 선수로 마감하기도 한다. 그럼, 성공한 선수 연예인들이라고 행복하겠는가? 아니다. 그들도 꿈을 갖고 목표를 설정해서 열심히 달려온 결과물로 얻은 것이리라. 그 꿈과 목표를 이루었다고 해서 행복한 것은 아니다. 누구나 100% 만족을 할 수 없을 것이다. 사람에 따라 만족도 크기의 차이가 있을 것이다.

많은 이들에게 인생은 반드시 성공으로 나타나는 게 아니듯이 내 삶도 당신의 삶도 항상 성공으로 나타나긴 어렵다. 내 인생에서 있어서 부분적으로는 성공이라 이름 지을 수도 있겠지만 그렇지 못하는 삶이 더 많은 부분을 차지한다. 남들과 비교할 경우 이 부분은 내 것이 좋은 듯하다가 다른 부분은 못 한 점이 분명 있다. 각자가 걸어온 길이 다르기에 나의 길과 남의 길을 단순하게 비교할 필요는 없다.

살아온 과거를 점수로 매긴다면 얼마쯤 되겠나? 본인 자신의 점수를 매기는 데 오류가 있다. 그저 보통 사람들의 평균 점수를 받지 않을까? 한다. 잘 살지도 못 살지도 않은 과거, 그렇다고 이대로 평범한 삶을 남은 인생에서도 이대로 살아갈 수 없을 것이다.

지금 돌아보면 분명 아쉬움이 남는 삶이 많았던 것 같다. 앞으로 이어지는 삶은 후회의 횟수를 줄이려 한다. 한 번의 후회도 없는 삶으로 변하긴 쉽지 않겠지만, 조금씩 꿈을 재정립하고 시대변화에 따라 꿈을 다시 재정립하여야 한다. 후회를 점점 줄이는 그런 인생을 꿈꾸기 위해서 이 책의 서막을 펼치고자 한다.

촌놈, 김영체

내 고향은 경북 성주이다. 참외가 유명한 동네이다. 어릴 적 아버지께서도 참외 농사를 지으셨다. 과거의 기억을 떠올려 보니 우습기도 하다. 세월이 변화하여 참외 농사도 기계화가 도입되었다. 편리하게 지을 수 있다. 성주군의 들녘을 보면 비닐하우스는 온통 하얀 바다이다.

70년대에는 비닐하우스가 없었다. 노지(지붕 따위로 덮거나 하늘을 가리지 않은 땅) 밭에서 참외를 심었다. 참외 모종이 잘 자라도록 밤에 찬 기온에 대비하여야 한다. 꺼지기(짚으로 짠 가마니와 같은 종류)를 아침에 벗기고 저녁에는 덮어야 한다. 기온이 따스해지는 3월 말까지는 매일 해야 한다. 그 시절로 돌아가고 싶을 때가 있다.

80년대 후반부터 노지 참외 농사가 비닐하우스 재배로 바뀌어 갔다. 비닐하우스 재배를 시작하면서 짚으로 짠 꺼지기를 덮지 않고 보온덮개로 사용하니 한결 편리해졌다. 초등학교는 1970년대 시절이었다. 세상 물정을 아무것도 모르고 오로지 집과 학교에서 보내는 것이 전부였다. 고향은 성주군이지만 초등학교 중고등학교는 칠곡군 왜관읍에 소재한 학교에 다녔다. 아버지께서는 맏이이셨다. 할아버지께서는 내가 태어나는 그해 한여름날에 돌아가셨다. 할아버지께서 돌아가시고 넉 달 후에 내가 태어났다. 10년 위 형님부터 누님 둘 그리고 형 나 그리고 남동생 그렇게 6남매 중 다섯째로 자랐다.

아버지께서는 한글을 빨리 읽지 못하신다. 천천히 한글을 읽으신다. 기본적인 한글 정도만 쓰실 수 있다. 맏이이다 보니까 아버지께서는 집안일 거드는 일에 최우선 하셨다. 그것이 운명 인양 농사일에 전념하시게 되셨다.

초등학교 입학 전 아버지께서는 왜관에 사시면서 소달구지(구르마)를 끌면서 남의 집 물건을 운반해드리는 일을 한 기억이 난다. 왜관이라는 소도시 읍내 중심가는 아니지만, 변두리도 아닌 곳에 집이 있었다. 낡은 블록집이다. 부엌 한 칸, 방 한 칸으로 6남매가 지냈다. 소 마구간도 있어야 했다. 아버지께서 소를 이용해서 소달구지 끄는 일을 하셨기에 소는 우리집의 대들보이자 큰 재산인 셈이었다. 아마 추측하건대 아버지께서는 황소만 키우셨다. 그 이유를 이제야 알 것 같다. 소달구지를 끌려면 암소보다 힘이 센 황소가 더 유리하였다. 이것이 내가 초등학교 입학 전의 기억이다. 아버지께서는 초등학교 입학 무렵 다시 성주 고향으로 들어가셔서 농사를 지으셨다.

왜관이라 소도시와 성주의 고향까지는 걸어서 간다면 대략 2시간 정도 걸렸다. 거리로 환산한다면 8km 정도이다. 그리 멀지 않은 거리이다. 현재는 도로가 잘 나 있고 자동차 보급이 모든 가정에 있으니 금방 가지만 그당시에는 2시간이나 걸어서 가기에 무리가 된다. 시외버스를 타고 완행버스가 정차하는 마을 어귀에서 내려서 30분 정도 걸어가면 고향이다.

누추한 고향 집은 아마 할아버지 할머니께서 분가하시면서 일제 식민지에 초가집으로 지은 집이었다. 지붕만 기와로 바꾸었다. 부엌은 사극 드라마에서 나오는 아궁이가 있고 밥을 하기 위해서는 화목으로 불을 지피고 깔비(낙엽형태의 솔잎)로 피워 밥을 하던 그런 집이었다. 방 천장은 어른 키가 닿을 듯한 높이, 너덧 명이 누우면 방안에 빈 곳이 없는 그런 좁다란 방이다.

70년대 초반 초등학교 입학 전 생활을 유추하게 된다. 밥을 하기 위해서 나무를 땔감으로 밥을 하는 오래된 농촌 마을의 집이다. 마실 물은 동네 공용 우물가에서 길러와야 한다. 어머니께서 하루에 몇 번이고 길러 날랐다.

우리 부모님, 할아버지 할머니께서는 참 고생 많이 하셨다. 지금 나의 환경은 너무도 풍족한 삶이 아닌가? 이미 이 시대에 살고 있다는 것 자체가 풍요의 삶이 아닌가? 먹을 것이 없어 굶기보다 너무 잘 먹다 보니 똥배가 나오는 그런 역설적인 환경에 살고 있으니, 지금 주어진 환경에 감사를 드린다.

촌에서 자라서 촌놈이기도 하다. 70년대 삶은 많은 이들이 그러하였듯이 도시의 풍요로움을 누리고 자란 사람이 과연 얼마나 될까? 아마 동시대에 살아온 60년대 출생자들의 대부분이 '촌놈'이라고 불러도 될 것이다. 2000년대 들어서면서 겪어 볼 수 없는 삶이다. 돈 주고 살 수 없는 이름, 일부러 부르고 싶어도 부를 수 없는 이름, 아름다운 추억의 촌놈은 부끄럽고 한편으로는 자랑스럽다.

지금도 나는 어리석다. 남에게 피해를 줄 그런 악인이 아니다. 그렇다고 해서 남에게 배려를 잘 베푸는 위인도 아니다. 키도 성인들의 평균도 되지도 않는다. 외모도 잘 난 게 없다. 자세히 보면 못생긴 얼굴도 아니지만, 어릴 적 거울에 비치는 나의 얼굴이 못생겼다고 원망도 했었다. 우리 누나, 형, 동생은 잘생겼는데 (실제 잘 생김) 우리 형제 중에서 나만 못생겼는지? 겉으로 표현하지 않았지만 속으로 부모님의 나쁜 유전자만 물려받았다고 투덜거리기도 했다. 어수룩하니까 남들에게 손해를 보기도 한다. 큰 피해라고 할 수 없으니 남을 도와주었다고 생각하면 마음이 도리어 편해진다.

어릴 적, 어머니께서 아버지께 잔소리하는 모습을 보곤 했다. 매번 아버지께서는 이웃들에게 당당히 주장하여도 되는 이야기는 하지 않고 남들 요구사항을 다 들어 준다고 하셨다. 아버지께서는 선한 분이시다. 법 없어도 나쁜 짓을 하지 않으실 분이라고 하는 주위 어른들의 말씀을 종종 들었다. 그 영향으로 나 역시 선한 마음을 가지게 된 것이라고 본다. 이 글을 통해서 아버지의 좋은 유전자를 물려받은 듯하여 감사의 인사를 드린다.

1995년도에 고향 마을에 경지정리를 하였다. 계단식 논밭들을 네모반듯하게 농사를 편리하게 지을 수 있도록 모양을 바꾸는 사업이다. 정부에서 돈을 들여서 해주는 일이라서 많은 동네 어른들이 다들 찬성하였다. 마을까지 들어오는 꼬불꼬불한 길도 넓히고 곧장 직선도로로 바꾸어 준다. 각자가 가지고 있던 땅을 내어놓는다. 경지정리 사업이 완료되면 공공용지로 편입되는 것만큼 각자가 내놓은 토지에 비례하여 새로운 토지를 배분받게 된다.

농사짓기에 편리하도록 하는 경지사업을 동의하고 협조하는 것은 좋으나 다시 그 토지를 배분하는 과정에서 아버지께서는 본인의 주장을 어필하지 않고 불합리한 회의 결과에 동의하신 적이 있었다. 지주들 각각 경지정리 하기 전 지점을 기준으로 새로운 토지를 분배받는다.

　토지 배분은 각자가 가진 면적만큼 똑같이 나눌 수 없게 된다. 누구는 조금 더 받게 되고 어떤 이는 덜 받게 된다. 이때 토지 가격을 책정하여 돈으로 주고받을 수 있다. 우리 집은 당초 받게 될 토지면적보다 덜 받았다. 대신에 돈으로 받아야 한다. 그럼 토지 단위당 면적 가격 결정을 시세대로 해야 하는 것이 정상적이다. 앞에서 일을 주도하시는 몇몇 분들이 대부분 토지를 조금씩 더 가지게 되어 시세보다 가격을 적게 책정하고서는 마을 회의를 진행하였다. 토지를 더 가져간 사람들이야 단위면적당 가격을 적게 결정하는 게 유리하고 토지 배분을 덜 받은 사람은 평당 가격을 많이 받아야 유리하다. 가장 공평한 것은 시세대로 결정하는 것이다. 경지정리를 추진하는 사람들은 돈을 내놓아야 할 입장이었다. 평당 가격을 시세보다 적게 책정하고 얼른 대충 회의를 진행해 통과시켰다. 아버지처럼 돈으로 환수 받아야 할 몇몇 사람들이 항의를 하였지만, 인원수에 밀려 원안대로 통과하게 되었다.

　이 억울함에 어머니께서는 아버지께 잔소리를 많이 하셨다. 누가 보아도 불합리한 결정이었다. 인터넷이 막 보급된 시점이라 도청 홈페이지에 민원제기를 하였다. 돌아온 답변은 마을 전체 회의에서 결정된 사항이라서 관공서에서 관여할 사항이 아니라고 한다. 그렇게 아버지께서도 남들에게 낮잡아 보이게 된 사례이다.

　세상 어느 공동체 사회에서 부패가 있고 불합리한 구조임을 느껴지지만, 한편으로 사고의 범위를 넓게 크게 본다면 그 정도쯤은 남들에게 베풀어 주는 배려라고 생각한다면 어쩌면 마음이 편하다.

　신(神)이 있다면, 촌놈 김영체가 어리석다고 할지언정 남에게 피해를 주지 않고 살아가는 선한 사람이라고 좀 더 좋은 평가를 해주지 않을까.

풍족하지 않았던 유년 시절

부모님의 세대는 모두가 가난하였다. 일제 식민지 시대 그리고 6.25 전쟁을 겪으면서 우리나라는 의식주 조차도 제대로 해결하기 어려운 시기였다. 대한민국은 세계에서도 가난한 나라에 속하였다. 내가 태어난 1960년대 후반에도 역시 먹고 사는 문제가 가장 힘든 과제였다. 같은 시대에 태어나서 살아가는 많은 사람이 가난하였다고 할 수 있다. 굳이 나만 가난한 게 아니었다. 가난이 자랑이 될 수는 없지만 그렇다고 해서 부끄러워해야 할 일도 아니다. 지금은 쌀이 남아돌아 떡도 해 먹고 일부는 사료용으로 사용한다. 어릴 적에 쌀을 다른 용도로 사용한다는 것은 감히 생각조차도 못하는 끔찍한 일이었다.

어머니께서 겨울이 지나고 봄이 오기 시작하면 들녘에 쑥을 뜯어 쑥국을 끓여서 저녁밥으로 먹은 기억이 있다. 자연산 쑥, 그 시절의 그 맛은 지금은 맛을 볼 수 없다. 그 당시의 배고픔이 주는 쑥국의 향긋함은 세월이 흘러 지금 먹어보는 쑥국의 향기와는 비교하기조차 어렵다.

지금도 서글픈 마음이 드는 음식은 '갱시기'이다. 6남매가 밥으로 먹게 되면 한 달 치 먹을 쌀독이 채 1주일도 안 되어 비워지게 된다. 하루 세 끼를 다 먹는다는 것은 어쩌면 사치였다. 보통 점심이나 저녁 식사는 주로 갱시기를 끓여 먹은 적이 많았다. 지금도 난 갱시기가 끔찍할 정도로 싫은 음식이 되어버렸다. 갱시기는 먹다 남은 식은 밥으로 김치 몇 조각에다 이것저것 넣어서 끓인 죽이라고 할 수 있다. 아마 살기 위해 생명을 연명하기 위해서 어쩔 수 없이 먹을 수밖에 없는 음식이었다.

꽁보리밥은 먹기가 거북하다. 흰쌀 반 보리쌀 반 정도로 섞어서 먹는 보리밥은 그나마 먹기에 거부감이 덜 하다. 보리는 쌀보다 상대적으로 덜 귀한 곡식이었다. 보리쌀은 흰쌀보다 알맹이가 굵은 관계로 오랫동안 밥솥에서 삶아야 한다. 보리밥을 먹기 위해서는 먼저 보리쌀만 푹 삶은 후에 보관해 두고서는 흰쌀만으로 밥을 한 후 뜸을 들일 때 삶은 놓은 보리쌀을 섞어서 밥을 짓게 된다. 지금은 가끔 별미로 보리밥을 먹지만 그 당시는 보리밥조차도 먹기가 쉽지 않았다.

고등학교 다닐 때 큰 누나가 결혼식을 올렸다. 그 당시에 결혼식을 치르려면 하객들에게 음식을 내주어야 한다. 요즘은 뷔페식으로 하객들에게 음식을 제공하고 돈으로 쉽게 해결할 수 있다. 80년대에는 하객을 맞이하는 식당에서 기본적인 밥, 국만 제공하고 별도의 음식 즉 돼지고기 떡은 혼주 집에서 준비해 가서 나누어 주었다. 결혼식 하객들에게 나누어 주기 위해 누나가 결혼하기 전부터 집에 돼지 한 마리를 키웠다. 돼지는 식욕이 좋아 무엇이든 잘 먹어 치운다. 집에서 키우던 돼지는 제대로 먹지 못하여 푸둥푸둥 살을 찔 시간이 없었다. 우리 집 돼지조차도 생존하기 위해서 겨우 입에 풀칠만 한 것이다. 돼지는 주로 물은 한 바가지에다 쌀겨와 쌀을 찧을 때 나오는 쌀겨로 배를 채운다. 불쌍한 돼지라고 해야 하나? 정상적으로 키운다면 1년 만에 내다 팔 수 있을 정도의 몸무게가 된다. 우리 집 돼지는 3~4년이나 키우고 누나 결혼식 잔칫상에 올라간 것이다. 하객들이 그 돼지고기 맛에 놀라워하였다. 다들 보통의 돼지고기 맛이 아니라 꽉 눌러진 고기처럼 맛이 쫀득하다고 난리였다. 가난으로 인하여 돼지도 늦게 성장하였지만, 사람들에게 더 맛있는 고기를 제공해준 고마운 돼지이기도 했다. 가난이 들려주는 아이러니이기도 하다.

빵구 난 양말. 부끄럽지만 어쩔 수 없이 신을 수밖에 없었다. 양말을 보통 2~3켤레를 가지고서 한 켤레를 신으면 보통 이틀 이상을 신게 된다. 이틀 정도 신으면 발 냄새가 고약하다. 오래 신다 보면 뒤꿈치에 작은 구멍이 난다. 그 구멍은 점점 커져 커다란 빵구 난 양말이 되기도 한다. 그 양말을 꿰여서 며칠 더 신고 다니고 나면 또 빵구가 난다. 그제야 양말의 수명이 다 된 것이다.

왜관에서 살면서 우리 집에 전기가 들어온 때가 초등학교 4학년 때였다. 우리 집을 제외하고 이웃집은 이미 전기가 들어와 있었다. 지금처럼 냉장고 세탁기 텔레비전 보급이 제대로 한 이루어지지 않은 시절이었다. 그 당시 가전제품을 이용할 수 없는 가난한 생활을 하고 있었다. 전기가 들어오기 전에는 호롱불로 어둠을 밝혔다. 호롱불 아래서 할 수 있는 일은 거의 없었다. 어둠에 익숙해진 채 희미한 불빛 하나로 움직이는 데 불편함이 없는 것에 만족하여야 하였다. 오로지 동물적인 생존의 법칙대로 살아가기만 했던 가난이었다. 어둠이 찾아온 저녁 시간은 특별히 할 일이 없었기에 일찍이 잠자리에 들게 된다.

문화적 혜택을 누리고 사는 현시대에서 전기는 필수이다. 어린 시절 기억에 70년대는 전기에너지는 필수가 아니라 그저 좀 더 풍요로운 삶을 누리는 사치품이기도 하였다. 그 시대적 사항에 따라 전기가 주는 편리함의 가치가 다르다고 할 수 있다.

2000년대에 들어서는 밥 굶는 사람을 보기 힘들다. 21세기에 사는 대한민국 국민은 풍족한 삶을 산다고 할 수 있다. 서울역이나 등지에서는 노숙자들이 있기는 하나 그들은 그들만의 사연이 있을 것이다. 하루 3끼 아무런 어려움 없이 먹을 수 있는 환경에 익숙해지면 점점 먹는 것이 당연히 누려야 할 권리 인양 착각한다. 풍족히 먹고 사는 이 환경은 절대로 공짜가 아니다. 윗세대들의 노력과 희생의 결과물 중 하나이다.

많은 사람이 각자가 살아온 과거 환경과 현재에 주어진 환경을 비교할 때가 있다. 현재의 기준에서 과거를 바라보면 만족스러운 일, 잘했던 일과 후회스러운 일들이 교차할 것이다. 후회스러운 일에 지나치게 집착하기보다 다시 그런 일들을 반복하지 않기 위해서 준비하고 반성하는 일이 중요하다. 반성하는 방법으로서 글쓰기이다.

대부분 사람은 글쓰기를 어려워하고 있다. 결코, 쉬운 일이 아님을 공감하지만, 그렇다고 해서 불가능한 일도 아니다. 그냥 무턱대고 글을 쓰면 된다. 글을 쓸 때는 주어진 목차에 따라서 책의 제목이 말하는 주제에 대한 방향으로 이야기를 말로서가 아니라 글로서 풀어 가면 된다. 유년시절의 기억을 떠오르게 하는 글쓰기에서 내가 살아온 시대적 여건들을 재인식하여 현재를 사는 지금, 어떻게 살아야 할 것인가? 라는 질문에 대하여 답을 찾을 수도 있다.

유년 시절의 기억을 글로써 풀어나가니 잊고 있던 사건들이 떠오른다. 성주가 고향이지만 초등학교는 왜관이라는 도시에서 보냈다. 방학이 되면 방학 시작과 동시에 개학하기 전까지 고향인 성주에서 지냈다. 지구는 넓고 할 일은 많다고 하지만, 지구가 넓고 할 일이 많은지를 그 시절에는 알 수가 없었다. 눈에 보이는 세상이 전부인 줄 알았으며 공부와 담을 쌓아 놓고 아예 그 세상으로 넘어가려고 하지 않았다. 아니 공부하는 학문의 세계로 넘어가는 길을 모르고 있었다. 책과 함께 하는 여건이 되지 않았다. 굶주린 배에 본능적 식욕을 채우기 급급하다 보니 정신적 풍요를 누리겠다는 생각조차 없었다. 이제 와 생각해보니 경제적 가난이 주는 육체적 빈곤보다 정신적 빈곤이 더 큰 아쉬움으로 느껴지곤 한다.

인생 2모작을 시작하는 이 시점에서 어릴 적의 정신적 빈곤함을 알게 됨에 다행이다. 정신적 빈곤을 알지 못하였다면 제2모작 인생의 출발하는 시점에서 지금 어느 위치에 서 있는지 알 수가 없다. 비록 전반전 인생이 정신적으로 풍요로운 삶을 살지 않았다고 한들 무슨 걱정이 있으랴? 무지의 세계에서 벗어나 지금 글을 쓸 수 있음이 더 감사한 일이 아닐는지.

가난하고 어리석게 살아온 유년 시절은 노력 여하에 따라 대기만성형의 인물이 되기 위한 밑거름이 되기도 한다. 행복한 삶을 향해 나아가는 도구이기도 하다. 오로지 각 개인이 가지는 어린 시절은 가장 아름다운 추억일 수밖에 없다.

우물 안에 갇혔던 학창 시절

초등학교 다닐 때 우주의 크기는 얼마쯤 될까? 고민한 적이 있었다. 저기 보이는 산 넘어서는 어떤 동네가 있을까? 그 궁금점을 풀려고 가까운 산 정상에 올라섰다. 정상에서 바라본 또 다른 동네는 별다르지 않았다. 똑같은 산이 있었다. 들녘이 있었다. 옹기종기 모인 마을이 보였다. 다른 점은 마을의 가옥 수가 더 많고 적을 뿐이다. 좀 더 큰 시냇물이 흐르고 있었다. 또다시 걸어서 저 너머까지 가볼까? 하는 마음은 들었지만 차마 갈 용기가 없었다.

학교에서 배운 지도를 떠올려 본다. 지도에는 계속 가다 보면 바다를 만날 것이다. 수평선 넘어서 또 다른 세상의 다른 대륙이 있을 것이다. 잠시나마 콜럼버스가 아메리카 대륙을 발견하였듯이 난 상상 속에서 신대륙을 발견하였다. 발견하였다기보다 그 신대륙을 배운 대로 유추할 뿐이었다.

지구를 벗어나 태양을 따라 돌고 있는 별들 수성 금성 지구 화성 목성 토성까지는 쉽게 유추한다. 그 너머로는 그냥 우주일 뿐이었다. 태양계를 거느리는 은하, 그리고 은하계, 다시 더 큰 우주, 또다시 큰 우주를 거느리는 아주 큰 우주, 우리 인간이 상상하는 크기 이상의 우주, 그 끝은 어디일 것인가? 며칠간 고민만 하였으나 답을 찾지 못하였다. 초등학생 때의 그 생각이 40년이 지난 이 순간에도 답을 찾지 못하고 있다.

초등학교에 입학한 후, 한 달간은 어머니께서 등굣길을 함께 한다. 하굣길도 마찬가지이다. 시간이 흐르면서 초등학교에 갓 입학한 코흘리개는 점점 학교생활에 적응하게 된다. 초등학교 2학년 하굣길에 자전거에 치여 다리가 부러졌다. 깁스하게 되었다. 대략 한 달 이상 깁스를 하였다. 그로 인하여 걷지 못하는 나를 어머니 아버지와 형 누나가 번갈아 업고 학교에 데려다 주었다.

초등학교 다닐 때까지만 내 이름은 김영채(金榮菜)라고 사용하였다. 중학교 진학할 무렵 주민등록등본을 발급받으니 이름의 한자가 金榮体 라고 기재되어 있음을 알게 되었다. 그때부터 공식 이름이 '김영체'로 바뀌어 지금껏 사용하고 있다. 부모님은 한글을 겨우 읽으신다. 반 문맹인으로 살아오신 분이시다. 면사무소에 출생신고를 할 때 '김영채'라고 신고하였다. 아마 면사무소 직원이나 대필을 한 사람이 채(菜)자를 쓰기 쉬운 한자 체(体)로 바꾸어 기재했을 것이다.

초등학교 6학년 때 중학교 입학을 위해서 여러 가지 서류작성을 한다. 담임선생이 아버지 성함을 물었다. 아버지 성함은 자주 많이 듣고 해서 '김'자 '대'자 '원'자 이라고 말하지만, 어머니 성함을 묻는 말에는 그만 '모르는데요"라고 대답을 하고 말았다. 대답이 떨어지기 무섭게 선생님은 뺨을 정신없이 서너 대 때리셨다. 통증을 느끼며 눈물이 절로 나온다. 선생님께서는 어머니 함자를 모르는 불효자식이라고 화가 나서 뺨을 때리신 것이다. 평상시 아버지 성함은 자주 들어서 기억났으나, 어머니 성함은 들은 적이 거의 없어 대답하지 못하였다.

인간의 도리는 효도를 하여야 한다. 효도는 물질적으로 잘해드리는 것이 아니고 기본적인 인적 사항을 알고 있는 것도 효의 기초가 된다. 그런 기초를 모르고 있는 자신이 한없이 부끄러웠다. 동물과 다름없는 상식이 없는 존재로 살아가고 있었다.

고 2학년 가을, 학교 다니기를 거부한 적이 있었다. 자퇴하고서 검정고시를 통해서 살면 되지 않을까? 하는 위험한 생각을 한 적이 있었다. 자퇴한다고 인생 실패자가 되는 것은 아니지만 정상적인 단계를 거치지 않으니 뭔가 어색하게 다가오는 것은 어쩔 수 없었다. 공부에 흥미를 잃은 채 하루하루가 다람쥐 쳇바퀴 돌 듯 의미 없는 시간만 되풀이되었다. 아침에 일어나면 세수하고 어제 입었던 옷을 다시 주워 입고 책가방 들고 학교에 가서 시간표에 짜인 대로 수업을 듣고 나면 무엇을 배우고 무엇을 얻었는지? 과연 이렇게 학교생활을 한들 무슨 의미가 있는지? 라는 생각에도 빠졌다. 혼자만의 고민이 거의 한 학기 동안 이어졌다. 성적은 추락에 추락을 거듭하였다.

어느 날 용기를 내어 담임선생님에게 자퇴 이야기를 꺼냈다. 상담 시간은 그리 길지 않았다. 선생님께서는 차분하게 대답해 주셨다. 단순히 공부하기 싫어서 현실도피를 위한 자퇴라고 결론을 내려 주셨다. 맞다. 공부에 그리 흥미를 느끼지 않아 수업 시간에는 넋 놓고 있었던 것이었다. 무념의 상태로 수업을 보낸 적이 많았다. 그 이후로는 수업에 충실하였다. 곧바로 고3 진학하면서 밤 10시까지 야간자율학습이 이어졌다. 이어서 자정까지는 교실에 남아서 스스로 공부를 더 하였다. 10시까지 강세적 자율학습 시간보다 10시 이후에 혼자서 책을 보는 시간에 집중이 잘 되었다.

고3 때의 성적이 중하위권에서 상위권에서 올랐다. 다만 선두권에 다가설 수 없었다. 영어 수학 과목은 기초실력이 없었기에 만점을 받을 수 없는 사항이다. 국사 물리 등 과목은 열심히 한 만큼의 결과가 나왔으나 기초가 필요한 과목은 한계가 분명 있었다.

그해 학력고사를 치르고 받은 성적은 지방 대학교에 진학할 수 있을 점수였다. 난 대학에 가려고 하지 않았다. 대학에 갈 수 있는 실력보다 등록금을 낼 수 있는 돈이 없었기 때문이다. 그해 대학을 가지 않은 것은 후회하지 않는다.

자신의 사는 공간적 한계를 넘어 미지의 공간을 직접 체험하는 것은 혼자만의 사고의 틀에서 벗어나게 해준다. 지리적 공간적 한계에 갇혀 있음은 그리 중요하지 않다. 생각의 한계에 갇혀 있는 게 더 서글픈 인생이 될 수 있다.

야생에 방목하는 호랑이를 울타리에 가두어 놓으면 어떻게 되는가? 스스로 먹이를 잡는 습성을 잃어버리게 된다. 본성을 잃어버리는 호랑이는 인간이 주는 고기를 먹고 인간의 의거 조정되는 생활을 한다. 호랑이는 호랑이답게 야생에서 살아가는 것이 호랑이의 삶이다.

초등학교 6학년에는 수학여행을 1박 2일로 경주로 간다. 경제적으로 가난했던 가정형편에 수학여행을 갈 수 없었다. 학교에서는 수학여행을 갈 때 가지 않은 학생들을 모아서 책 읽기 수업을 하기도 하였다. 중학교 2학년 때에는 충무 한려수도로 떠난 수학여행은 참가하였지만, 고등학교 2학년 때 설악산으로 떠난 수학여행은 참가하지 않았다.

21세기를 사는 요즈음의 중고등학생들은 제주도는 기본이고 일본 대만 베트남 등 가까운 동남아로 수학여행을 간다. 한 세대 간의 차이를 대략 30년이라고 한다면 30년의 세월이 많은 것을 변하게 하였다. 여행은 다른 세상을 체험하고 서로 다름을 이해할 수 있게 해준다. 학창시절 수학여행조차 갈 수 없어서 지역적 한계에 갇혀서 살아온 과거는 분명 우물 안에서 하늘을 바라본 좁은 세상이었다.

조그마한 우물 안에서 바라본 하늘은 시각의 한계점을 넘어서지 못한다. 시각의 한계는 사고의 한계를 가져온다. 스스로 경제적 가난에 자신을 가두어 사고의 한계를 좁혀버린 학창 시절에 아쉬움이 많이 쌓여 있을 따름이다.

많은 사람이 자신의 지나온 삶 속에서 후회하는 생활이 한두 번씩은 있을 것이다. 과거를 후회하기보다 과거의 잘못된 행위에 대한 원인을 인지하고서 미래에는 최소한 후회하는 일을 되풀이는 하지 말아야 할 것이다.

우물 안에 갇힌 학창 시절은 혼자서 생각하고 판단하였다. 지나치게 남을 의식한 행동을 하였다. 학창 시절과 사회초년생일 때도 지금도 그런 행동을 할 때가 많다. 왜 그런 행동을 하는지 고민해 본다. 각자가 가진 사명감 가치관 주관이 뚜렷하지 않기 때문일 것이다.

오십의 중년을 마주하는 지금에서 학창 시절을 돌아보면 어린아이와 크게 다를 것이 없다. 실수도 많이 하고 올바른 판단을 하지 않은 시기이다. 그 원인은 지식이나 경험이 적다고 볼 수 있다. 생활의 판단력이나 어떠한 일의 결정권을 내리는 신속함은 직접 그 일을 겪어 보거나 간접적인 체험을 통해서 가능하다고 할 수 있다. 직접적인 체험은 시간적 공간적 경제적으로 분명 한계가 있다. 직접적인 체험을 대신해서 간접경험을 해보는 것이 좋은 방법이다. 많은 이들이 당장 눈앞의 편익에만 집중하다 보니 간접적인 체험을 아예 무시해버리는 경우가 많다. 간접적 경험의 종류로서 대표적인 방법은 바로 '독서'이다.

학창 시절 수학여행을 가질 못하여 안타까웠던 것보다 책 읽는 습관을 들이지 않은 것이 가장 후회가 되는 일이다. 독서를 하지 않았던 학창 시절은 우물 안에 갇힌 삶이었다.

평범한 사회 초년병

　대학은 집 가까운 곳에 있는 금오공과대학교에 다녔다. 토목공학을 전공하였다. 내가 토목공학과를 선택한 계기는 참 이상하다.

　초등학교 졸업 후 낯선 중학교에 교복을 입고 머리는 빡빡 깎고 다녔다. 중학교의 첫 담임선생님은 이쁜 여선생님이다. 대학교 졸업을 한 지 얼마 되지 않은 미스 선생님이셨다. 담임선생님은 지리 과목을 맡으셨다. 본래 잠재의식 속에서 지리정보, 길 찾기 능력을 갖추고 있었다. 자연스럽게 지리학에 흥미를 느끼게 된 것이다. 인문지리학은 흥미가 없었으나 자연지리학은 관심이 많았다. 지금도 낯선 곳에 다녀오면 인터넷에서 위성지도 상에서 갔다 온 곳을 살피는 경우가 대부분이다.

　중1 담임선생님의 영향으로 지리학에 관심이 있다가 고3 때 학력고사를 치르고 난 뒤 지리학과로 대학에 진학하려고 하였다. 물론 입학성적이 턱없이 부족했다. 대학에 진학하지 못하더라도 원하는 학과에 가고 싶었다. 고3 담임선생님께서는 성적에 맞는 학교에 보내려고 하였다. 비록 시골에 있는 고등학교이지만 대학진학률에 압박을 받고 있었기 때문이다. 고3 남임선생님에게 고집을 부렸다. 서울에 소재한 지리학과에 입학원서만 내고 당당하게 면접시험까지 보았다. 예상대로 낙방이었다. 어차피 대학은 사치이었으니 대학진학에 실패하여도 어색하지 않았다.

1년 후 학력고사 시험을 다시 보았다. 점수는 비슷하였다. 1년 더 어렵게 공부를 하였으나 기대했던 만큼의 높은 점수를 받을 수 없었다. 그 점수로 갈 수 있는 대학을 찾았다. 집에서 가깝고 등록금도 비싸지 않은 학교는 금오공대가 제격이었다. 전공은 지리학을 좋아했으니 지리학의 지(地)자와 토목의 토(土)자가 연관성이 있기에 그냥 아무런 고민도 하지 않고 토목공학과를 선택한 것이다.

지리학과는 전국에 서울대 경북대 경희대 전남대 건국대 5개 학교에서 모집하고 있었다. 그중 경희대 건국대는 이과 계열에서 나머지 학교는 문과 계열에서 모집하였다. 그 5개 학교는 그 점수대로 갈 형편이 안 되었다. 어쩔 수 없이 가정형편에 맞추어 진학한 학교가 금오공과대학교이다. 그것이 첫 번째 이유였고 두 번째 이유는 토목공학과의 선택이 지리학과와 비슷하다는 이유에서였다.

대학에서도 공부에 취미를 붙이기가 쉽지 않았다. 대학 생활은 평범하게 보내고 4학년 여름방학을 마칠 때쯤 고등학교 동기가 같이 일을 하자고 제의가 들어왔다. 호기심에 따라 가보았다. 그 당시 한 창 유행하였던 다단계사업이었다. 재팬라이프 회사에서 만든 자석 담요를 거금을 주고 사야 회원으로 가입할 수 있었다. 지금 되돌아보니 씩~ 웃음이 나온다.

3개월 단체생활을 하면서 다단계사업의 피해를 본 것도 있었지만, 얻는 것이 있었다. '하면 된다.' 신념과 '나는 할 수 있다.' 자신감 동기부여는 충분히 인생에서 배울 점이 있다. 3개월간 미친 듯이 막연한 미래의 부자에 대한 꿈을 꾸며 마치 부자가 된 듯한 착각 속에서 지냈다. 그러한 자신감은 매우 긍정적인 요소로서 작용하였다. 자신감과 용기를 배우는 다단계 사업의 생활은 모순이 있었다. 남에게 피해를 주어야 한다는 것이다.

그 모순 속에서 빠져나오는 데에 어려움은 없었다. 다단계사업을 먼저 해본 경험자의 이야기를 듣다 보니 다단계의 본질을 알게 되었다. 그 순간 미련 없이 그 자리를 박차고 나올 수 있었다. 남에게 피해를 준 것은 잘못이지만 미래에 부자가 될 수 있다는 희망과 용기로 당당하게 생활 한 그 3개월의 시간은 결코 허비한 세월이 아니라 좋은 경험을 하게 된 세월이었다. 그 시간이 대학 4학년 2학기 때였다. 4학년 2학기 성적은 엉망이다. 수업을 제대로 듣지 않고 출석조차 제대로 하지 않았으니 말이야.

결국은 한 과목이 F 학점을 받게 되었다. 졸업학점을 이수하지 못하게 되었다. 그해 겨울방학 담당 교수님을 찾아가 사정하였다. 과제물을 제출하여 C 학점으로 대학 졸업장을 받을 수 있었다.

대학 4학년 2학기 때 다단계사업 하느라 합숙하면서 보낸 3개월간이 사회 경험의 첫걸음이라고 할 수 있다. 학교가 아닌 사회생활에서 어수룩하여 남에게 피해를 주진 않았지만, 사회생활이 얼마나 험한지를 체험한 좋은 경험이었다.

다음 해 2월 대학 문을 나서고 어디에도 소속되지 않은 실업자의 생활을 시작하였다. 그 당시 1993년도 건설 경기가 호황이라서 토목기사 자격증이 있으면 취업 가능하였다. 소위 말하는 '노가다' 현장에 평생 주말도 없이 일해야 한다는 생각이 앞서, 시공 현장에는 취업하지 않기로 하였다. 공기업 취업은 꿈도 꾸지 못하였다. 입사 시험에 영어 과목이 있기 때문이다. 영어는 중학교 입학한 지 한 달 만에 포기하고서는 영어와 담을 쌓고 살아왔기 때문에 영어 실력은 거의 백지나 마찬가지였다.

시공 현장 말고 갈 수 있는 공무원이 되는 길이 있었다. 9급 공무원 자리는 대학 4학년 여름방학 때 이미 발령까지 난 상태였다. 곧바로 임용을 포기하였다. 9급 공무원 박봉으로 어떻게 먹고살 것인가? 걱정이 앞서기 때문이다. 지금 시대에는 9급 공무원조차도 경쟁이 치열하다. 1~2년씩 열심히 수험공부하여야 겨우 합격하는 시대로 변하였다.

토목직 9급과 7급직에는 영어 과목을 치르지 않았다. 지금은 영어 과목을 봐야 한다. 7급으로 들어가면 승진도 빠를 것이고 급여도 더 받을 수 있다고 생각하였다. 문제는 열심히 하지 않았다. 2년간 고시촌에 들어가 공부한다고 하면서도 어영부영하였다. 가난한 형편에 재택근무라는 조건으로 매달 월 50만원 급여를 받고 있었다. 고시원 방값과 식대 해결은 충분하였다. 간절함과 조급함이 없었다. 간절함이 없는 공부는 나태함으로 이어져 허송세월하는 결과만 가져왔다.

2년간 방황의 시간을 끝내고 실질적인 출근할 수 있는 직장을 구하려고 뛰어다녔다. 주로 토목설계회사 위주로 찾았다. 구직자리를 구하는 과정에서 '산림조합'에서 토목기사를 모집한다는 구인 광고를 본 후 원서 접수하였다. 산림조합에서 하는 일이 어떤 일인지? 모르고 단지 공공기관이라는 이유만으로 마냥 입사하기를 기다렸다.

그때의 판단이 옳았다. 그 당시에는 건설 경기가 워낙 호경기 이였으나 지금은 건설 경기가 불황이다. 대신에 산림 분야의 업역들이 확장되고 예산이 늘어나 상대적으로 산림 분야의 경기는 점점 좋아졌다. 먹고 사는 일에 큰 지장 없이 살아갈 수 있는 직장을 선택할 수 있었음에 큰 행운을 잡은 것이나 마찬가지였다.

세월은 늘 변한다. 찰스 다윈이 세상에서 가장 강한 자는 힘이 센 종이 아니라 변화에 잘 순응하는 종이라고 하였다. 시대의 변화에 편승하여야 멀리 순항할 수 있듯이 현재에 안주하지 말고 미래에 대한 예측과 자기 계발을 열심히 하여 빠르게 변하는 세상에 대응하여야 할 것이다. 그 대응의 하나의 방법으로서 매일 글쓰기를 습관화하고자 한다.

산림조합에 처음 입사하여 부여된 업무는 임도(林道)를 설계하는 일이었다. 임도는 산에다 개설하는 도로이다. 일반도로와 같은 측량조사를 하면 시간적 제약이 많이 따른다. 산속에 들어가 그때마다 자신이 위치한 지점을 감각적으로 찾아내어 도로가 되도록 설계하는 것이 다른 점이다. 어릴 적부터 가상의 도시를 그려놓고 그 도시와 연결하는 상상력과 공간 지각력을 키웠기 때문에 큰 어려움이 없이 업무를 처리해 갔다.

산림조합의 급여는 적지도 않고 많지도 않은 그럭저럭 사는 데 지장이 없었다. 그러다가 2001년 태풍 '루사' 이듬해 태풍 '매미'가 온 산을 파헤쳐 놓았다. 산사태 발생이 곳곳에 일어났다. 그때부터 산사태 복구설계를 하느라고 야근에다 휴일 근무를 수시로 하게 되었다. 그로 인하여 야근이 늘어나고 가정사에는 신경을 쓰지 않았다. 점점 빵점짜리 아버지가 되는 원인이 되기도 하였다.

비록 지금까지는 빵점짜리 아버지, 가장으로서 살아왔으나 후회하지 않는다. 잘 살았다는 이야기가 아니라 후회를 하기보다 미래에 대해 도전할 수 있는 용기를 갖고 열심히 살고자 하는 게 바람직하다고 생각하기 때문이다.

대다수 사람은 장단점을 동시에 지니고 있다. 금수저를 부러워할 수도 있다. 금수저를 가지고 태어난 재벌 2세도 완벽한 삶을 살고 있지 않다. 자신의 단점에 집착하기보다 자신만이 가지고 있는 장점을 살려서 자신을 한 단계 업그레이드를 시켜야 한다.

공부에 한이 맺히다

가난이 늘 함께 한 학창 시절에는 어쩌면 공부는 사치였다. 가족들은 살기 위해서 하루하루 먹을 식량 걱정을 우선하였다. 공부는 시급한 일이 아니기에 뒷전이 된 것이다. 우리 집보다 더 가난한 이웃집들도 있었다. 70년대에는 많은 사람이 가난하였다. 대한민국이 6·25 전쟁의 후유증에 고속성장을 할 수 있었던 덕에 지금 중년은 호화로운 생활은 아니나 풍족한 삶을 살아가고 있다.

초등학교 입학하자마자 기역, 니은, 디귿, 리을… 한글 자음과 모음을 배우고 한글을 읽기 시작하였다. 수업 시간 외에 책을 읽는 시간은 없었다. 선생님은 국어 수업 시간에는 교과서를 읽게 하였다. 소리 내어 읽는 수업이 싫었다. 국어 시간에 한 명씩 순번으로 아니면 랜덤으로 책 한 페이지 읽기를 시킨 선생님이 미웠다. '적군이 쳐들어와 … '문장을 '젓군이 쳐들어와…' 이런 식으로 발음을 하기도 하여 창피를 당한 적도 많았다.

초등학교 때는 부모님께서 경제 활동에 여념이 없었기에 나를 비롯한 형제들은 그저 다람쥐 쳇바퀴 돌 듯 책가방 둘러메고 학교만 왔다 갔다 했을 뿐이다. 장차 어른이 되어 무엇이 되겠다는 꿈조차 꾸지 않았다. 다만 빨리 성인이 되어 공장에 다니면서 월급을 받아 '부모님께 맛있는 것 사드려야 하겠다'라는 단순한 생각이 전부였다. 무슨 직업을 선택해야만 돈을 많이 벌 수 있을지도 생각하지 못했다. 단순히 공부를 잘하면 급여를 많이 받는 곳에 취업할 것이고, 공부하지 않은 학생들보다 그저 좀 더 나은 봉급생활자가 될 것이라고 믿었다. 단순한 생각이었다. 세상은 공부가 전부일 수 없지만 꿈을 가지고 미래에 대해 도전하는 자세를 아예 주변의 사람들에게서 본 적이 없으니 당연히 주어진 환경에서만 최선을 다하는 게 최고인 줄 알았다.

아버지께서는 일본 강점기에 출생하시어 소학교를 다니셨다. 소학교는 지금의 초등학교이다. 소학교에서 한글 정도 배우셨다. 아버지께서는 한글을 또박또박 한 글자씩 읽으신다. 전체 문장을 이해하시는 데 뭔가 부족하다. 어머니께서는 소학교조차도 다니시지 않으셨다. 한글 문맹인이신 것이다. 물론 그 시대에는 소학교 문턱을 넘지 못한 분들이 너무 많기에 결코 부끄러워할 일이 아니지만 말이다.

글자를 안다는 것 보다 미래의 지향적인 삶을 살아가는 것이 더 소중하다. 미래 지향적이라는 의미는 현재의 주어진 환경을 탓하지 말고 좀 더 긍정적 환경으로 나아가기 위해서 노력을 하는 것을 말함이다. 시대적 여건에 따라 상황은 바뀌게 된다. 인터넷 발달로 온라인으로 대화를 나누고 얼굴을 한 번도 본 적 없는 사람과도 친하게 지낼 수 있는 시점이다.

요즈음 한글 '문맹인'은 연세 많으신 분 중에 간혹 보인다. 대부분 노인은 내가 얼마나 산다고 하면서 남은 인생을 포기하는 경우가 많다. 삶의 스토리를 담아서 온라인으로 남들에게 당당히 밝히고 오늘보다 더 나은 내일을 향하는 자세가 더 가치가 있다.

부모님께서 문맹인이셨듯이 나도 문맹인이다. 한글 문맹인이 아니라 영어에 대해서 문맹인이다. 중학교 입학과 동시에 알파벳 ＡＢＣＤＥＦＧ를 익히고 I am a boy를 익혔다. 여기까지가 영어 공부의 시작이자 끝이었다. 대학 졸업장은 있으나 너무 부끄러운 일이다. 요즈음 유치원 입학 전부터 영어를 접한다. 그렇다면 현재 유치원 수준 영어 실력을 갖춘 중년이다. 부끄럽지만 후반전 인생을 당당히 살고자 영어 울렁증 공포에서 벗어나야 한다. 다시 영어 회화 공부를 하고자 한다. 여태껏 학교에서는 영어를 언어로서가 아니라 시험 과목으로서 성적을 올리기 위한 목적으로 배웠다. 영어도 모국어처럼 언어임에도 소리를 익히지 않고 그저 글자를 익히는 데 치중하였다.

유아가 모국어를 익히는 과정을 생각해보자. 첫 돌까지는 옹알거리다가 엄마가 수없이 내뱉는 소리를 들으면서 무의식으로 '엄마'라는 단어를 익힌다. 입으로 뱉은 단어가 바로 '엄마'이다. 어린아이가 엄마라는 소리를 입으로 뱉으면서 서서히 다른 단어를 소리내기 시작한다. '아빠' '어부바' 등 소리를 내면서 빠른 속도로 모국어를 익혀 나가게 된다. 대략 5세 전후가 되면 생활에서 불편함이 없을 정도로 웬만한 단어를 저절로 습득하게 되는 것이다. 이런 원리로 영어도 익히면 저절로 쉽게 영어 공부의 한을 풀 수 있지 않을까? 하는 의구심이 있었다.

어느 날 '윤재성 영어'를 우연히 알게 되었다. 매일 윤재성 소리 영어를 매일 듣고 있다. 온라인 강좌로서 혼자서 틈틈이 공부해야 하지만 96문장을 몇 차례 반복하여 들으며 귀에 소리를 익히고 있다. 절대 학교에서 배운 대로 뜻을 외우고 문장을 외우는 방법이 아니라 그저 어린아이가 모국어 익히듯이 계속해서 듣는 데 집중하고 있다. 소리영어를 들은 지 3년이 지났다. 아직 무슨 이야기인지 전혀 모른다. 그리고 입으로 내뱉지도 못한다. 자꾸 듣다 보면 소리를 알아 들 수가 있을 것이라고 확신해 본다. '인디언들이 기우제를 지내면 반드시 비가 온다.' 이야기에 용기를 가지고 도전하기로 한다.

영어공부를 너무 일찍 포기하였다. 영어과목은 늘 성적이 하위권이었다. 다른 과목을 잘한 것도 아니었다. 당시의 상황이 공부에 집중할 여건이 아니라고 하지만, 왜 학교에 다니고 공부를 하여야 하는지 목적의식조차 없었다. 목적 없이 다녔던 학교생활은 늘 아쉽기만 하다.

고등학교 3학년 때에는 밤 10시까지 자율학습을 시킨다. 과외는 전혀 없었다. 그저 참고서만 형편에 따라 사서 보는 게 전부인 셈이다. 교육방송 시청 정도가 과외였다. 부유층에서는 개인과외를 할 수 있었을 것이다. 소수의 부잣집 말고는 대부분 학생이 혼자서 공부를 한 시절이었다.

고3 때 야간까지 자율학습을 한 후부터 성적이 많이 올랐다. 기초과목인 영어 수학 과목을 제외하고 국사 등 암기과목과 기초지식이 크게 관여되지 않은 과목은 성적이 많이 올랐다. 그 결과 고3 내신 성적이 전체 15등급 중 2등급을 차지하였다. 고등학교 3학년을 제외한 학창 시절은 공부에 크게 흥미를 느끼지 않아서 책 읽기 습관도 갖추어지지 않았고, 중학교 고등학교 2학년까지 그리고 대학 4년 동안 썩 좋은 성적표를 받아 본 적이 없었다.

인생의 전환점을 돈 이 시점에서 볼 때 학교에서 배우는 많은 내용이 사회에서 거의 쓰이지 않는다. 예를 들면 수학의 미분 적분이다. 최소한 사칙연산과 삼각함수 정도만 알고 있으면 사회생활에서 큰 어려움 없이 살아갈 수 있다. 사회생활에서는 수학의 미적분보다 더 중요한 내용 고전 인문학 서적을 많이 읽어야 도움이 된다. 고전은 오랜 시간 동안 각색된 부분도 있을 수 있지만, 고전이 주는 삶의 지혜가 담겨져 있기에 그렇다.

인생 전반전에 가난으로 공부를 제대로 하지 않았던 것은 이미 지나 가버린 일이기에 돌이킬 수 없다. 중년에 들어선 지금, 인생 2모작을 시작하는 현재 새로운 삶, 인생을 시작하면서 다시 시대적 흐름에 편승하고 더 나은 미래를 위해서 자기 계발에 투자하지 않으면 안 될 것이다.

백세 시대를 맞이하여 앞으로 살아갈 날을 과거에 얽매여 후회만 하고 생을 마감한다면 서글퍼질 것이다. 지금 '이 순간이 내 남은 인생에서 가장 젊은 날이다.'라는 이야기처럼 과거는 과거일 뿐 되돌릴 수 없는 시간이다. 중요한 것은 지금, 이 순간이다. 미래는 아직 오지 않았고 어제의 미래가 오늘이듯이 오직 현재만이 항상 존재할 뿐이다.

인생 후반전을 시작하는 이 시점에서 인생 전반전의 유치원에 다니는 시기와 같이 모든 것을 차근차근 하나씩 배워나가야 하겠다. 전반전 인생에서 가난의 핑계는 변명일 수 없다. 생각하는 힘을 키우도록 해야 한다.

제2장
내 삶을 바꾼 감사의 힘

감사일지를 만나다

감사일지 쓰기 시작한 이후로 매일 하루도 빠지지 않고 써 왔다. 매일 꼬박 써오고 있는 내가 신기하고 대단하다고 자부한다. 감사일지 쓰기 시작하면서 서서히 변화의 결과들이 나타나고 있다. 전국에 감사일지를 쓰시는 분들과 긍정에너지를 나누고 배려 겸손을 몸소 배울 수 있게 되었다. 감사일지를 며칠간 썼다고 해서 갑자기 확 바뀌지 않는다. 만일 며칠간 쓴 감사일지로 인하여 삶의 태도가 확 바뀌게 된다면 얼마나 좋을 것인가? 누구나 감사일지를 쓰게 될 것이다.

감사일지를 꾸준히 쓰게 됨으로써 서서히 내면의 힘이 생기고 있다. 서서히 내면의 힘이 생긴다는 말은 역으로 말해서 쉽사리 단기간에 내면의 힘이 무너지지 않는다는 것이다. 산 정상을 오르기 위해서는 처음부터 한 걸음 씩 디디면서 올라가야 그 산이 주는 진정한 산행의 맛을 볼 수 있다.

산 정상까지 걷지 않고 헬기를 타고 정상에 올라간다면 내려오는 하산 길은 고생길일 것이다.

감사일지를 만나는 2015년 10월 25일이었다. 그날의 기억이 생생하다. 감사일지를 만난 기쁜 날이기 때문이다. 감사일지로 인하여 나의 삶이 변하고 있으니 그 얼마나 행복한 생활이 아닌가?

2015년 10월 25일은 일요일이었다. 휴일이지만 동료와 산으로 나가 현장조사를 하기로 약속되어 있었다. 혼자가 아니라 동료 3명이 함께 가기로 사전에 약속이 되어 있어 미룰 수 없었다. 오후에 감사일지 무료강의가 있다는 소식에 아쉬워했다. '왜 하필이면 오늘 무료강의를 하는지?' 혼자 투덜거렸다.

현장 조사는 순조롭게 진행되어 예정된 시간보다 일찍 마칠 수 있었다. 아침에 포기했던 감사일지 강의를 공짜로 들을 수 있겠다고 하는 기쁨이 갑자기 찾아왔다. 사무실에 돌아와 땀에 젖은 작업복을 갈아입고서 강의 시작 직전에 자리에 앉았다. 감사일지의 강사는 스스로 '땡큐테이너'라고 호칭을 붙인 민진홍 강사이었다.

감사일지에 대한 강의내용은 별 특별한 내용은 없었다. 돈을 잘 벌고 풍족한 생활을 누렸던 시절의 무용담과 그 이후 사업실패로 빚 독촉에 자살하려 했으나 죽음조차도 마음대로 선택하지 못하는 처절한 실패자의 모습을 이야기한다.

강사는 다시 살기 위해서 감사를 할 줄 아는 사람들이 대부분 성공하는 삶을 살고 있음을 알고서 감사에 관한 많은 책을 읽기 시작했다. 전국기업체에 다니면서 21일 감사일지 프로그램을 만들어 강연하기 시작하였고, 차츰 빚을 갚아 나가면서 재기에 성공을 거둔 사람이 되었다. 민진홍 강사는 나에게 감사일지 쓰기를 전해준 은인이 된 셈이다. 그를 내 인생에 만날 수 있었기에 인생 후반전 역전을 노리며 나도 성공자의 길로 조금씩 걸어가고 있다.

민진홍 강사는 대략 1시간 정도 강의를 통해 21일간 감사일지 쓰는 요령과 습관을 들이는 방법을 알려 주었다. 강연이 끝난 후 강연을 들었던 사람들이 모여 밴드를 결성하여 21일간 순번을 정하고 매일 한 사람이 밴드 게시 글에 감사일지를 적으면 나머지 사람들은 댓글 난에다 감사일지를 그날 자기 전까지 작성하는 방법이다.

처음 감사일지를 쓸 때는 21일간 매일 작성할 수 있을지 하는 의문도 있었지만 지금 돌아보니 21일은 결코 긴 시간이 아니라 아주 짧은 세월이었다. 강의를 들었던 사람들이 20여 명 정도 이였으나 한두 명은 금방 포기하였다. 대부분 나이가 많은 사람들이라서 스마트폰 활용과 밴드 사용법을 제대로 하지 못하는 분들도 있었다. 20여 명 중 21일간 끝까지 완주한 사람들은 반 정도 되었다. 내가 가장 열정적으로 한 것이다. 그 열정은 누군가 시킨 것이 아니라 내면의 지시에 따라 자발적인 행동으로 이어진 것이었다.

21일간 밴드에서 감사일지 쓰기를 마치는 시즌1이 끝났다. 한 시즌을 21일간으로 하여 시즌1이 끝나자 곧바로 시즌2가 시작된다. 시즌2는 각자의 자유 의사에 따라 감사일지를 작성하면 되는데 대부분 사람은 그만두게 된다. SNS 카카오스토리에서 옮겨와 나를 알고 있는 카카오스토리 친구들 모두에게 공개하면서 시즌2를 시작했다.

카카오스토리에서 시즌2부터 그날에 있었던 일들에 대해서 자기 전까지 감사한 일에 대한 항목에서 3개 이상 적기 시작하였는데 호응이 좋아

주변의 지인들로부터 연락이 오곤 했다. 초기에는 그날의 감사일지를 보며 댓글도 쓰고 여러 관심을 보였다. 점점 그 호응의 정도는 세월이 지나면서 식어간다.

민진홍 강사의 카카오스토리에서 쓰는 감사일지를 읽으면서 그 댓글을 다는 사람들을 일일이 확인하여 그 사람이 감사일지 쓰고 있다면 무조건 친구신청을 하고 그 사람의 감사일지 댓글에다 응원을 날렸다. # 기호 해시태그 기능이 무엇인지 알게 되어 감사일지를 검색하여 카카오스토리에서 감사일지를 쓰는 사람들은 모두 다 찾아서 친구 신청도 하고 댓글을 달아주는 노력을 게을리 않았다. 그 노력으로 그분들도 나의 카스에 방문하여 응원을 보내주었다. 그러다 보니 자연스럽게 매일 소통하면서 비록 얼굴은 직접 본 적은 없으나, 점점 오랜 친구 같은 정감을 나누게 되었다.

인연의 종류는 혈연 지연 학연 등 여러 가지로 사람들을 맺어 준다. 앞으로는 혈연 지연 학연의 관계보다 새로운 인연 온라인상에서 소통을 나누는 사람들의 인연, 즉 스마트폰 인연이 중요하게 될 것이다.

매일 자기 전 대략 저녁 10시 이후가 되면 카스에서 맺어진 감사일지 동지들의 감사일지가 올라오기 시작한다. 내 감사일지도 올리고 상대방 감사일지도 읽고 댓글을 달아주다 보면 잠시나마 긍정에너지와 작은 행복을 공유하게 된다. 그 긍정적 에너지에 하루의 피로와 스트레스가 확 날아가는듯한 느낌을 받게 되고 나는 가벼운 마음으로 편안한 꿈나라 속으로 빠져들게 된다..

시즌2부터 카카오스토리에서 감사일지를 쓰기 시작하면서 감사일지 쓰는 사람들과 공유를 통해서 새로운 기운을 매일 얻는다. 낮에는 감사거리를 찾으려 노력하고 특별히 감사거리가 없다면 일부러라도 감사거리를 만들려고 하였다.

시즌1에서 밴드에서 비공개로 감사일지 쓰기 기간은 21일이다. 21일은 습관을 들이기 위한 최소 임계기간이다. 한 시즌을 21일간으로 정한 이유이다. 감사일지를 쓰는 사람들과 함께 공유하며 서로 응원을 보내고 힘이 되어 준다. 집단의식 때문에 외롭지 않게 된다. 감사일지 쓰기가 싫을 때는 동지들이 있기에 억지로 간단히 쓰는 경우가 있다. 감사일지라는 공유를 통해서 새로운 인연도 맺고 오래 쓸 힘을 갖게 된다. 나 역시 그러한 과정을 거쳤고 지금은 나 혼자서 감사일지를 쓸 수 있는 습관을 지녔다. 감사일지 쓰는 데에 어려움이 없지만, 공유하지 않고 혼자 보는 일기처럼 작성한다면 쓰지 않는 날도 있을 것이다. 처음 감사일지를 쓰는 사람들은 반드시 공유하는 게 오래 쓸 수 방법이다. 감사일지를 씀으로써 감사가 주는 혜택과 많은 지혜를 얻을 수 있는 것 또한 소중한 선물 중 하나일 것이다.

무엇을 어떻게 써야 하는가

수많은 감사 거리 중에 가장 기본적으로 감사해야 할 것은 하루 세 끼를 먹는 식사일 것이다. 1960년대에 태어나 1970년의 가난 속에서 자라온 유년 시절이었다. 그 시절에 비하여 현재는 먹는 것에 대해서 많은 사람이 문제가 없이 살아가고 있다.

눈을 돌려 매스컴에서 접하는 아프리카 국가들을 한번 보자. 아직도 먹는 것을 해결하지 못하는 국가들이 얼마나 많은가? 과거 우리나라 또한 빈곤에 허덕이는 나라였다.

빈민국 나라들과 비교하면 지금 우리가 살아가는 시대는 너무도 큰 축복이다. 가장 먼저 감사해야 할 일이 아닌가?

당연히 감사해야 할 거리 중 또 다른 하나는 건강함일 것이다. 아침에 눈을 뜨고 새로운 날을 맞이할 수 있음에 감사하다. 신체적가 건강하다는 것이 얼마나 소중한가?

사실, 감사일지 쓰기 전 신체의 건강함에 대해서 생각을 해본 적이 없었다. 감사일지가 건강에 내해서 깊은 고민을 하게 만들었다. 지금 젊으니까 건강하니까 내팽개칠 것이 아니라 가장 소중한 자산임을 명심하고 제1순위로 지켜야 건강임을 깨닫게 해준 것이 감사일지이다.

그 외에 우리가 모르고 있는 감사할 목록에 대해 살펴보자.

황사 때문에 맑은 공기로 숨을 쉴 수 있다는 것도 당연히 감사해야 한다. 맑은 공기가 주는 혜택은 부인하지 못할 것이다. 매일 맑은 공기로 숨을 쉬고 있음은 매 순간 감사할 일이 아닌가? 앞으로 매 순간 감사하며 살아야 하는 그 이유이다.

내가 하는 일은 산과 관련된 업무를 하고 있다. 산으로 가게 되는 경우가 많다. 어린 시절에는 산에 나무가 별로 없었다. 지금처럼 우거진 숲이 아니었다. 숲이 주는 혜택은 산소공급은 물론 인간과 함께 동물들도 공존하도록 해주고 비가 오면 숲이 수분을 저장해 주면서 홍수를 막아주는 역할도 한다. 피톤치드를 맡으면 기분이 상쾌해진다. 이렇듯 숲이 주는 혜택들을 우리는 모른 채 살고 있다. 눈에 보이는 풍경도 우리에게 감사할 존재이다.

감사일지는 우리가 모를 뿐이지 당연히 감사해야 할 것이 무수히 많음을 알게 해준다. 감사 거리를 조금씩 알게 해주고 그 조그마한 감사가 행복한 삶을 사는 출발이 되었다.

감사일지를 매일 하루도 빠짐없이 쓴다는 것은 불가능하다고 할 수 있다. 억지로라도 매일 써야 한다. 지난 1500일 이상 써 온 나로서도 그날에 전부 쓰지는 않았으나 하루도 빠짐없이 기록해왔다. 매일 자기 전 감사일지를 쓰게 되면 하루를 반성하는 시간도 가진다. 감사의 좋은 에너지로 마무리할 수 있어 편안한 잠을 자게 된다. 행복 지수를 높일 수 있어 잠자기 전에 쓰는 감사일지는 아주 효과적이다.

컨디션이 항상 좋을 수는 없다. 좋지 않은 날도 있으며 하는 일들이 잘 안 풀리는 때가 누구에게나 찾아온다. 일과를 마치면서 감사일지 쓸 때 좋은 일이 많거나 컨디션이 좋으면 감사일지 내용도 다양하게 재미있는 스토리를 엮으면서 쓸 수 있다. 컨디션이 좋지 않은 날이면 감사일지 쓰는 것 자체도 귀찮아질 때가 있다. 그러한 경우 단 한 줄이라도 간략하게 쓴다는 원칙이 있어야 할 것이다. 정~ 기분이 나빠서 감사 거리가 없더라도 '감사합니다.'라고 적어야 한다. 한 번 쓰지 않으면 다음에도 안 쓰게 되는 확률이 높아진다. 감사일지가 가장 먼저 해야 할 1순위보다 앞선 0순위에서 늘 생각하고 나를 구속하게 한 점도 있었다. 돌이켜보면 그 구속이 있었기에 내가 꾸준히 쓰게 된 계기가 되었다. 감사일지는 완전한 습관이 자리 잡을 때까지 보통 100일간은 강제성을 부여하여 습관을 굳히는 게 좋다.

SNS에서 함께 쓰는 사람들이 있으면 서로에게 격려가 된다. 나를 지켜보고 있다는 의식이 있기에 오늘 억지로라도 감사일지를 강제적으로 쓰는 경우가 있다. 단 한 줄이라도 매일 '감사합니다.'라고 한 문장을 작성해 가는 습관 형성이 중요하다.

감사일지는 무엇보다도 감정 그대로 그냥 쓰는 것이 중요하다. 감정에서 느끼는 그대로 쓰는 경우 글이 줄줄 잘 써진다. 감사일지도 마찬가지이다. 그날의 느낀 감사 거리가 마음속에서 강하게 와 닿으면 매력적인 감사일지가 된다. 감사는 그냥 마음에서 느끼는 그 감정 그대로 쓰는 게 최고의 감사일지가 되는 것이다.

감사일지도 매일 쓰다 보면 내일은 어떻게 살아야 할까? 고민하는 시간을 가진다. 감사일지 작성은 글쓰기가 주는 매력에 더하여 감사하는 마음을 첨가해주니 일석이조 효과가 있다. 감사일지는 글재주가 없다고 하는 사람들에게 글쓰기 능력을 배양해주는 도구가 되는 것이다.

감사가 주는 혜택은 또 있다. 감사일지를 쓰지 않는다고 아무도 당신에게 뭐라고 하는 사람은 없다. 그렇다고 꼬박꼬박 쓴다고 해서 상을 주는 사람도 없다. 하지만 감사하는 마음이 있으면 한 번뿐인 내 인생에서 무엇을 할 것인가? 어떻게 살아야 할 것인가? 에 대한 질문을 던지고 고민하게 한다. '감사'를 전제로 하는 고민은 희망적이다. 미래에 대한 도전할 수 있는 답을 줄 것이다. 이것 하나만으로도 강제적으로 매일 감사일지 쓸 필요성이 충분함을 알 수 있으며 또한 내가 세상을 살고자 하는 중요한 이유 중 하나이기도 하다.

누구에게 도움을 받는다면 그것은 당연히 감사해야 할 일이다. 매일 누구에게 도움을 받는 일만 생길 수는 없다. 도움을 받는 일, 먹고 싶은 음식에만 감사하다고 느낀다면 감사의 크기가 점점 줄어든다. 그러다 보면 모든 일에 당연한 것으로 받아들이고 감사의 마음도 조금씩 없어진다. 감사를 굳이 물질적인 풍요에 초점을 맞추면 안 된다. 그냥 아주 사소한 느낌이라도 감사라는 감정이 들면 그것이 감사이다. 남들에게는 감사 거리가 안 될 수 있으나 혼자만이 느끼는 감정은 자신만의 개성이 되는 것이다. 개성이 있는 감사 거리는 세상에 하나뿐인 특허이다.

감사(感謝)는 '고마움을 느끼는 마음'이다. 세상은 우리를 위해서 모든 사물이 만들어진 것이다. 우리가 사는 세상 모든 것에 감사를 부여해보자.

마음의 평화가 찾아와 우주의 모든 에너지가 우리에게 좋은 에너지를 보내 좋은 일들로 이어질 것이다. 감사일지를 처음 쓸 때에 '뭐가 감사하지?'라고 의문의 시간이 많았다. 차츰 감사일지를 쓰다 보면 오만가지가 감사거리이다.

당연한 것도 감사하다. 지금 순간도 감사하다. 교통사고가 발생해도 감사하다. 아파도 감사하다. 매사에 감사하라는 말이 있지 않은가? 주로 교회에서 하는 이야기인데 막상 감사일지를 쓰는 나에게는 매사, 아니 매 순간이 감사하다.

흔히들 금요일 저녁은 '불금'이라고 한다. 주5일 근무가 보편화된 지금, 금요일 퇴근 후 2일간 쉴 수 있는 여유가 있다. 금요일 저녁은 부담 없이 술자리를 하는 것이 아닌가? 감사는 모두가 똑같이 누리는 혜택도 감사한 일이다.

나의 직업이 산과 관련된 일을 하다 보니 숲과 산을 많이 자주 접하게 된다. 일터인 산으로 가다가 그전에는 무심코 쳐다보지도 않았던 어느 마을 입구에 서 있는 천하대장군의 기둥을 예사롭게 보았으나, 막상 감사 거리로 삼아야 하겠다고 생각을 하니 늘 서 있던 나무로 만든 천하대장군도 마을을 지켜주고 있다는 믿음을 갖게 된다. 비록 무 생명이지만 마을을 지키는 수호신이니 감사하다.

산과 숲이 주는 혜택은 무수히 많다. 공기를 정화해 준다. 야생동물의 삶의 공간을 제공해준다. 비가 내리면 빗물을 일부 저장해 준다. 탄소를 흡수시켜 산소를 발생해준다. 숲에는 우리가 모르고 있는 혜택들이 많이 있었다.

흔히들 보는 나무는 소나무와 참나무이다. 대다수 사람이 소나무와 참

나무를 구분할 수 있을 것이다. 소나무의 종류와 참나무의 종류는 다시 세분된다. 세분된 나무의 종류에 대해서는 잘 모르는 사람들이 대부분이다. 흔히 보는 소나무 참나무를 보면 새로운 기분이 들지 않는다. 많은 사람이 접할 수 없는 자작나무의 숲을 보면 감탄한다. 왜냐면 평소에 잘 볼 수 없는 숲이기 때문이다. 그러기에 귀한 것을 보게 되니 감동이다. 그 감동은 아주 작더라도 감사한 마음을 느끼게 해준다.

　어릴 적 배가 아프면 엄마가 손으로 배를 쓰다듬어서 이제 배가 안 아프다고 이야기한다면 진짜 안 아픈 일이 있다. 일종의 피그말리온 효과이다. 심리학에서 나오는 용어로서 그리스신화에서 피그말리온은 아름다운 여인상을 조각하고 그 조각상을 진짜로 사랑하게 되었다는 이야기이다.

　감사도 피그말리온 효과처럼 그냥 무조건 감사하게 되면 진짜로 감사하는 마음이 생긴다. 나 역시도 일과 중 특별히 감사 거리가 없다면 당연한 것에도 감사하고, 몸이 피곤할 때에도 평상시처럼 반복된 일에도 '그냥 감사'라고 작성한 감사일지도 있다. 감사한 감정이 없을 때는 그냥 하기도 하지만 진정한 감사일지 작성에서는 '감사한 느낌'만 있으면, 충분한 조건이 된다면 그날의 아름다운 추억으로 장식할 수 있을 것이다.

꾸준함이 곧 탁월함이다

감사일기를 쓰는 사람 중에 전 세계적으로 유명한 사람은 오프라 윈프리(Oprah Winfrey)가 있다. 그녀는 30년간 매일 감사일기를 쓰고 있다.

감사일지 쓰는 방법은

- 한 줄이라도 좋으니 매일 써라.
- 주변의 모든 일에 감사하라
- 무엇이 왜 감사한지를 구체적으로 작성하라
- 긍정문으로 써라
- '때문에'가 아니라 '덕분에'로 써라
- 감사요청일기는 현재시제로 작성하라
- 모든 문장은 '감사합니다.'로 마무리하라

위의 7가지 사항 중 모든 항목이 다 중요하다. 그간 나의 경험으로는 가장 우선해야 할 사항은 매일 쓰는 것이다. 사실 매일 쓴다는 게 정말 쉽지 않다. 특히 업무상 저녁에 술자리가 있으면 그날 자기 전까지 작성하는 것은 불가능하다. 음주 전 간단하게 미리 작성해 놓으면 된다. 아니면 음주 중에라도 잠시 시간을 내어 그냥 아주 단순하게 '오늘 무사히 하루를 보낼 수 있어서 감사합니다.'라고 한 줄이라도 쓰는 게 중요하다. '오늘 하루쯤 안 써도 괜찮겠지'라는 생각이 들기 전에 감사일지를 쓴다. 하루를 안 쓰게 되면 다음에도 비슷한 상황이 오면 안 쓰게 된다. 점점 감사일지에 대한 흥미가 없어질 것이다. 결국에는 안 쓰는 경우가 많아지고 결국에는 포기하게 된다.

중요한 것은 내가 감사하는 마음을 얼마나 지니고 있는가? 의 문제이다. 어떠한 상황에서도 감사를 느끼며 감사거리를 생각하는 자세가 우선하는 게 감사일지가 주는 행복이 따라오게 되는 것이다.

감사일지를 매일 쓰기 위해서 습관 형성이 되는 100일째까지 혼자서 일기형식으로 쓰는 것은 큰 도움이 되지 않는다. 나의 경우는 카카오스토리에 공유했다. 공유하면서 치부와 별로 좋은 일이 아닌 것도 노출 시키는 단점이 있다. 감사일지를 공유하면서 타인을 의식하게 되면 오늘도 나를 지켜보는 사람이 있구나? 하는 생각에 강제적으로 쓰게 된다. 지켜보는 사람들과 무언의 약속이다. 그 약속을 지키기 위해 매일 쓰려는 부담을 가진다. 감사일지 공유와 더불어 타인의 감사일지를 읽은 후 꼭 댓글에 짧게나마 느낌을 달아주면 그 상대방도 나의 감사일지에 호응해 준다. 상대방의 감사일지에 댓글 난에 아무런 반응을 하여 주지 않으면 아무리 나의 감사일지가 좋은 내용으로 작성되어 있더라도 상대방은 나를 응원하여 주지 않는다. 물론 습관이 형성되는 100일이 지나서도 호응(댓글)이 없으면 상대방도 호응을 안 해준다. 감사일지는 혼자가 아니라 함께 가는 것이다. 멀리 가기 위해서는 상대방의 감사일지에 응원을 보내면서 긍정에너지를 받고 나의 긍정에너지를 상대방에게 나누어 주면서 오랫동안 함께 가야 하는 이유이다.

습관화의 1단계는 21일간 하루도 빠짐없이 쓴 후, 2단계는 100일간 꾸준히 쓰게 되면 습관화가 80~90% 정도 자리 잡혔다고 할 수 있다.

3년 이상 써온 본인도 어떤 날 컨디션이 좋지 않을 때는 쓰기 싫을 때가 있었다. 잘 쓰려고 하기보다 그냥 한 줄이라도 쓰는 것에 의미를 둔다. 하루를 빠지게 되면 다음에도 컨디션이 좋지 않을 경우는 쓰지 않을 확률이 높아진다. 지금껏 감사일지를 그날 저녁이나 다음 날 아침에 꼬박 작성해 온 비결은 단 한 줄이라도 쓰는 것을 원칙으로 해 왔기 때문이었다.

감사의 크기가 크거나 감사거리가 많을 때는 그날 감사일지 작성하는 데에 큰 어려움이 없이 작성할 수 있다. 늘 하던 일 평상시와 똑같은 일과를 반복할 때는 감사일지 내용을 무엇을 쓸지? 고민할 때도 있다. 매일 감사거리 풍부한 일지를 쓰면 좋겠지만 감사거리를 찾지 못할 때는 오늘 생명을 다한 사람과 비교하면서 숨 쉬고 살아 있는 그 자체에 무한한 감사를 느끼곤 한다.

우리는 가장 기본이 되는 큰 감사를 잊고 있을 뿐이다. '오늘 하루도 무사히 보낼 수 있어서 감사합니다.'라고 단 한 줄을 쓰는 게 무엇보다 중요하다. 매일 쓰는 것이다. 꾸준히 쓰는 것이다.

인생에서 한 시즌(21일간) 써왔다고 해서 인성이 갑자기 바뀌지 않는다. 1년을 써도 인성이 확 바뀌지 않는다. 4년 이상 써 온 지금은 약간의 변화가 있다는 것을 말하고 싶다. 지난 5년 전의 내 삶과 자세를 비교해보면 지금의 삶의 자세가 좀 더 긍정적이고 미래에 대해서 낙관적으로 바라보고 있다는 사실을 얘기하고 싶다.

감사일지를 처음 쓸 때는 긍정적인 사고로 바뀌게 해주니까 내 인생도 앞으로 좋은 날만 있을 것이라고 믿어왔다, 분명 감사일지 쓰기 전보다는 긍정적 사고로 인하여 작은 행복을 가져다주는 도구일 수는 있지만 완벽한 삶을 가져다주는 것은 아니다.

무슨 일이든지 처음 시작은 신나고 설레고 두렵기도 하다. 똑같은 길을 자꾸 가다 보면 지겨울 때가 있고, 식상해진다. 감사일지를 점점 쓰다 보면 차츰 감사일지가 주는 행복감이 조금씩 떨어지기도 한다. 그렇다고 해서 감사일지가 무의미하지는 않다. 어떤 날은 우울할 때 그 감사일지가 작은 위안을 주기도 한다.

어느덧 인생의 중년을 맞이하였다. 백세 시대에 내 인생은 전반전을 마친 셈이다. 이제부터 후반전이다. 전반전 인생은 결코 성공한 인생이 아니므로 후반전에 인생역전을 시킬 수 있는 도구인 감사일지 쓰기를 만난 것은 신이 주신 커다란 축복이다.

처음 쓰는 감사일지를 쓰는 사람들은 며칠간은 아주 잘 쓰는 경우가 많다. 물론 당연히 잘 쓰기 위해서 하는 것은 좋으나 계속해서 잘 쓰려고 하다 보면 쉽게 지칠 수 있다. 처음부터 잘 쓰려고 하기보다, 단 한 줄이라도 매일 꾸준히 쓰는 게 중요하다. 매일 쓰려는 강박관념은 어쩌면 오랫동안 쓸 수 있는 근원이 된다.

달라지기 시작한 삶

감사일지를 며칠간 써왔다고 해서 인생이 확 바뀌지는 않는다. 감사일지 쓴지 대략 1,500일쯤 지났다. 1,500일을 계속해서 쓴 시점에서 남들에게 감사일지를 쓰면 행복이 따라서 온다고 강조했다. 감사하는 마음만 있다고 해서 행복이 쉽게 따라오지 않는다. 감사한 마음보다 말로 뱉으면 더 효과가 있을 것이다. 말보다는 글로 쓰는 게 더 확실한 효과가 있다. 감사일지 쓰기 전에는 어떻게 해야 행복한지를 몰랐다. 그저 주어진 일 바로 문 앞에 닥친 일을 처리하기 급급하기만 했다. 급한 일이 아니면 여유를 부리고 일을 미루는 버릇이 있다. 지금도 미루는 습관이 여전히 남아있다.

탈무드에 나오는 글 중에 '세상에서 배우는 사람은 지혜로운 사람이고 세상에서 가장 행복한 사람은 감사하며 사는 사람이다.'라는 얘기가 있다.

감사일지 동지 중 한 사람은 '감사의 양이 행복의 크기이다.'라고 한다.

감사한 마음을 생각만 하면 아무 소용이 없다. 무조건 글로 써야 한다. 감사와 관련해서 글로 옮기면 그것이 바로 감사일지가 된다.

감사일지 효과는 ①사소한 즐거움에 눈을 뜨게 된다. ②좋은 감정에 주목하게 된다. ③긍정적인 사고방식을 가지게 된다.

그동안 감사일지를 써 온 결과, 나름의 경험에서 3가지 즐거움과 좋은 감정과 긍정적 사고방식 외 크게 와 닿는 것은 행복을 느끼고 있다는 것이다.

우리는 왜 사는가? 에 대한 질문을 받으면 많은 사람이 행복하기 위해서라고 대답할 것이다. 그러면 그 행복은 어디서 오는가? 어떤 사람은 돈이 있으면 행복할 것이라고 답을 한다. 분명 돈이 많다면 불편함이 덜 수는 있겠지만 그것이 행복의 전부가 될 수는 없다.

자본주의 사회구조에서는 돈이 일정 부분 행복의 조건에 들 수 있다고 하나, 결코 전부가 될 수는 없다. 돈이 많은 것을 해결해 줄 수는 있지만 절대로 행복감, 만족감까지 가져다줄 수 있는 것이 아니기 때문이다.

돈이 해결해 주지 못하는 그 행복감은 어디서 찾을 것인가? 그 답은 바로 감사하는 마음을 가지면 될 것이라고 확신한다. 세상을 살다 보면 나에게 좋은 일들만 일어날 수 없기에 나에게 좋지 않은 영향을 주는 일도 긍정적으로 해석하게 되면 우울하거나 투덜거리지 않을 것이다.

주로 혼자서 운전하여 나의 일터(산)로 가는 경우가 종종 있다. 일터인 산에 갈 때 일부러 소풍 간다고 이야기를 남에게 한다. 실제는 소풍 가는 것이 아니다. 소리 내어 소풍 가는 마음을 갖게 하여 노동이라는 생각에서 벗어나 즐거움을 찾으려고 한 것이다. 주로 가본 곳이지만, 당일치기 여행 기분으로 소소하지만 확실한 행복을 찾고자 한다. 작은 행복을 찾아주는 감사일지가 주는 행복은 결코 멀리 있지 않다.

감사는 부정적인 측면을 배제하고 긍정적인 면을 바라보게 해준다. 무슨 일이든지 긍정적으로 보게 된다. 아주 사소한 것에서 즐거움을 느낄 수가 있다. 그 즐거움은 행복으로 이어지게 된다.

업무가 바쁠 때는 야근을 하는 경우가 종종 있다. 자정이 넘어까지 야근을 하다 보면 어둠이 짙은 시간에 밖으로 나가기 귀찮아서 사무실 내에서 간이침대를 펴고 잠자리에 드는 경우가 있다. 참 편안하기도 하다. 피곤한 육체를 얼른 쉬고자 사무실에서 자곤 한다. 퇴근하여도 옆지기랑 대화를 제대로 나누지 못하였다. 중요한 일이야 당연히 가족들이랑 상의를 나누지만 사소한 일들은 대개 집에 들어오면 좀처럼 대화를 나누지 않는 편이다. 낮에 있었던 일 중 내가 SNS상에 감사일지를 기록하면 옆지기님이 읽어 본다. 옆지기님은 SNS를 하지 않지만 나의 카카오스토리 소식 받기를 해 놓았다. 감사일지는 나의 일상을 알려주는 효과도 있다. SNS에서 올리는 감사일지는 옆지기님과 간접적인 소통의 도구가 되어 서로의 마음을 연결해 주고 있다.

감사일지 1,500일 썼다고 해서 완전히 바뀌지 않았다. 1,500일 전의 나와 비교하면 조금은 달라졌음을 알 수 있다. 옆지기님과 대화하는 시간도 늘었으며 아들과 딸아이와 이야기를 나누는 시간도 늘었다. 그전에는 가장으로서의 완전한 자리매김을 하지 못하였다. 가장으로서 경제적 책임에만 최우선 하다 보니 야근은 수시로 한다. 휴일에도 출근하는 경우가 많다. 지금도 그러한 생활이 몸에 익숙해져 야근하는 날이 훨씬 많다고 할 수 있다. 야근과 휴일 근무로 인하여 그간 아이들이 성장하면서 함께 보낸 시간은 그리 많지 않았다. 그런 까닭에 아이들이 아버지를 잘 따르지 않는다. 모두가 나의 잘못이다. 가장으로서 아버지로서 점수는 0점에 가깝다. 그간 경제적 측면만 해결하면 대부분 해결될 수 있다고 알았다. 당연히 경제적 책임도 다하여야 할 것이다. 가정에서도 세 역할을 다 하여야 하는 것을 늦게나마 깨닫게 된 것이다. 이미 과거는 돌이킬 수 없는 일이니 주어진 아버지로서 가장으로서 제 역할을 다하여야 할 것이다.

감사하며 달라진 것은 사소한 것에도 즐거움을 느끼고 있다는 사실이다. 감사 거리를 찾다 보니 큰 감사 거리는 당연히 감사함을 느끼면서 아주 사소한 감사 거리도 찾게 된다. 매일 감사 거리가 누구에게 선물을 받거나 도움을 받은 것만 찾아서 감사일지를 쓸 수가 없다. 감사 거리가 없을 때 아침에 눈을 떠 살아 있음에도 감사하게 된다. 휴일에 종일 TV 시청으로 무의미한 시간을 보내는 날에도 그저 무사히 지낸 하루에 감사를 느낀다. 하루가 소중하다는 것까지 알게 되었다.

감사일지 쓴 지 얼마 되지 않아서 혼자서 고속도로 휴게소에 들리어 점심을 먹었다. 갑자기 혼자서 밥을 먹을 수도 있다. 매일 먹는 삼시 세끼이지만 먹는 것에 감사를 모르고 살아왔구나! 하며 사색에 잠기기도 하였다. 이렇듯 감사는 당연한 것에서 출발해야 한다. 우리가 그간 당연한 것에 관심을 안 가졌음을 알게 된다.

학교 다닐 때까지만 해도 얼굴 몰골이 형편없었다. 뼈만 남아 살이 거의 없었다. 정말로 굶었던 적이 많기도 했었다. 입대 후 비록 보리밥에다 김치 한 조각, 된장 국물만 먹는 밥일지라도 하루 세끼를 다 먹게 되니 얼굴에 살이 붙기 시작했다. 지금의 풍요로움을 생각한다면 과거에 비하면 얼마나 큰 감사 거리가 아니겠는가?

3~40년 전에는 대중교통 버스를 타기 위해서 많은 시간을 기다렸다가

버스에 탈 수 있었고 하차 후에도 한참을 걸어가야 도착할 수 있었던 고향이었다. 현재는 자가용으로 손수 운전하여 가면 금방 갈 수 있다.

이렇듯 당연한 것에 감사하게 되니 자신의 자존감을 높일 수 있다. 자존감이 높으면 무슨 일에도 최선을 다하는 사람이 될 수가 있다. 자존감은 자만심과 다르다. 자신감은 어떤 일을 해낼 수 있는 용기가 많다는 것이다. 자만심은 허영 욕심이 앞서가는 상태이다. 자존심은 자신의 몸값 가치를 높이 평가하여 삶의 애착을 더 갖게 한다.

감사일지는 일종의 글쓰기의 하나이다. 매일 쓰는 감사에 대한 짧은 글이지만 매일 하루도 빠지지 않고 쓰고 있는 일지가 글쓰기의 힘을 키우고 있다. 아직은 부족한 글쓰기이지만 매일 감사일지를 쓰게 되어 성공자의 부류에 편승할 수 있음에 감사하다.

감사일지를 통해 맺은 인연으로 그 사람들에게 좋은 영향을 받아 점점 변해가고 있다. 감사일지 쓰기 전에는 기존에 알고 있는 사람들만 계속 만나게 되고 특별한 이야깃거리 없이 있었던 이야기 비관과 비판 불만이 주제였다면 이제 SNS에서 맺은 인연은 감사 이야기, 꿈에 관한 이야기, 그 사람의 성장하는 스토리를 알게 되어 본인도 모르는 사이에 질투심이 생기고 경쟁심이 생겨 선의의 경쟁을 유도하게 해준다. 감사일지는 나를 끌어주는 성공으로 가는 도구라고 말할 수 있다.

감사로 맺어진 사람들

감사일지를 처음 소개해준 분은 땡큐테이너 민진홍이다. 감사일지를 쓰기 시작하면서 전국에 온라인을 통하여 세상에 새로운 사람들과 인연이 되었다. 고향 친구, 학교 친구, 가족들 모두가 소중한 인연이다. 현재 나에게 선한 영향력을 주는 사람들은 블로그 이웃들과 전국 SNS에서 감사일지를 공유해주시는 감사일지 동지들이다. 매일 쓰는 감사일지로 거의 매일 댓글로 소통하고 있으니 멀리 있는 형제들보다 자주 소통하고 있는 셈이다.

사실, 부끄러운 일이지만 6남매 중 다섯째인 나는 형님과 누님이 있고 남동생이 있다. 결혼이 조금 늦은 관계로 아들과 동생 조카가 나이가 같다. 그리고 옆지기랑 제수씨가 동갑이면서 생일도 같은 시기이다. 다른 형제들에 비해서 동생네 가족들이랑 자주 통화하며 연락하는 편이다. 큰형님은 집안일에 중대사를 도맡아 하시다 보니 집안일로 통화하게 되면서 정을 나눌 수 있다. 출가외인 된 누나와 작은 형님은 멀리 사는 관계로 일 년에 얼굴 보는 날이 거의 없다. 조카 얼굴 안 본 지가 여러 해이다. 마무리 가까운 친형제라도 소통하지 않으면 어색해지고 멀어지게 된다.

옆지기님이랑 한집에서 살면서 사소한 다툼도 하고 매일 얼굴을 부딪치니까 고운 정 미운 정 다 든다. 어느 날 혼자 남겨 두고 여행을 떠나게 되면 옆지기의 소중함이 느껴진다.

사람 관계에서도 만유인력의 법칙이 통하는 것이다. 서로 좋아하는 감정의 힘이 아무리 세다고 한들 그냥 힘의 크기에 비례한다. 소통하는 시간이 멀어질 때에는 멀어진 시간의 제곱에 반비례한다. 만유인력 법칙처럼 남녀 간의 애정의 크기도 서로 부딪치는 횟수가 더 많은 부분을 차지한다고 할 수 있다.

감사일지 동지들 몇몇 분들과는 매일 댓글로 한마디씩 소통을 하게 된다. 직접 얼굴을 보지 않지만 가까운 사이가 되고 서로에게 선한 영향을 주고받는 사이가 된다. 얼굴 본 적이 없는 사이이지만 소통을 나누다 보면 자연스럽게 친분이 쌓이게 된다.

감사일지를 나보다 40일 먼저 쓰기 시작한 어느 초등학교 선생님이 계신다. 이 선생님은 SNS의 달인에 가깝다. 재주가 만능이신 분이다. 마술공연까지 학교에서 줄넘기까지 가르치고 교과과정에도 없는 인성교육 위주로 지도한다. 예를 들면 부모님의 발 씻어 드리는 사진 찍기와 같은 숙제도 내준다. 최근 들어서는 교사의 본분은 부업이 되었고 외부강의와 꿈트레이너 닉네임 애칭까지 붙이고 특허 등록한 선생님이다. 이 선생님의 감사일지 카카오스토리에다 몇 번의 댓글을 달아도 답글을 주지 않았다. 그만 친구 끊어야겠다고 할 때쯤 답글을 남겨주어 지금껏 서로 소통하는 계기가 되었다. 온라인상에서 만난 열정 넘치는 분이시다. 서로 감사일지에서 소통을 하던 중 2개월이 지났을 때 한 통의 쪽지가 왔다. 내 휴대폰 번호를 물었고 너무 반가워서 번호를 알려 주니 곧바로 전화가 왔다. 반가운 목소리를 들었다. 그리고 다시 두 달 후 어느 토요일 여유가 생겨 선생님에게 연락하고 울산까지 내려가 처음 얼굴을 처음 마주하였다. 전혀 어색함 없이 오랜 친구 같은 느낌이 들었다. 온라인으로 매일 대화를 한 결과가 어색함을 없애 준 것이다.

초등학교 선생님의 온라인인맥은 곧 나의 인맥으로 연결되었다. 모두가 맺어진 인연은 아니지만 대부분 열정적으로 사시는 분들과 온라인 친구가 되어 열심히 살아가는 지혜를 나누고 있다. 온라인 인연으로 또 다른 한 분을 알게 되어 그분의 소개로 청춘도다리를 알게 되었고 글쓰기 책 쓰기 강좌까지 듣게 되는 행운을 얻었다.

청춘도다리는 일반사람들이 무대에 서서 살아온 이야기를 하며 응원을 받고 듣는 청중들도 감명을 받으며 서로에게 삶의 희망과 용기를 갖게 하는 무대이다. 도전하지 않은 청춘들이여! 다시 한번 리셋하자 라는 첫 글자를 따서 만든 모임이다. 처음 참석하였을 때는 뭔가 이상한 집단인 줄 알았으나 두 번째 참가한 강연부터는 그냥 보통의 사람들이 아주 특별하지도 않고 성공한 인생 이야기는 아니지만, 열심히 꿈을 가지고 살아가는 이야기를 풀어낸다는 것을 알았다.

성공한 사람은 독서를 하는 사람이다. 물론 음란물을 읽으면 성공할 수 없다. 양서를 읽는다. 다독가보다 책 한 권이 주는 교훈을 찾아 실천하는 사람이다. 독서와 더불어 성공한 사람들은 글쓰기를 생활화하였다. 대부분 성공자는 책쓰기를 통하여 자신의 저서 한 권 이상은 출간하였다.

대구에 꿈벗컴퍼니가 있다. 감사일지를 전달해준 민진홍 대표가 꿈벗컴퍼니에서 강연을 하게 되어 그 자리에 땡큐 코치로 참가하였다. 그날의 강연이 끝난 후 21일간 감사일지 쓰기를 신청한 수강자들을 온라인에서 코치를 하는 기회를 얻었다. 그 이후로 꿈벗컴퍼니에서 진행하는 독서모임에도 가끔 나가게 되고 작가 강연회가 열리면 참석하기도 하였다. 꿈벗컴퍼니는 자기계발을 하는 사람들의 장소이다. 자주는 가지 않지만, 가끔 가보는 꿈벗컴퍼니에서 책 읽기의 중요성을 깨닫고 책과의 시간도 많이 가질 수 있어서 좋은 인연이 되었다.

감사일지는 매일 단문이지만 글쓰기에 도움이 된다. 2018년에 첫 출간의 책이 나왔다. 비록 베스트셀러는 아니지만, 인세라는 돈도 받아 전액을 감사일지 동지분이 근무하는 육아원에 기부하였다. 비록 소액이지만 나눌 수 있는 기쁨만으로도 행복이 가득하였다.

첫 출간 된 책은 몇몇 분들에게 영향을 주어 감사일지를 쓰게 되고 SNS로 공유를 한다. 모두가 나의 영향이라고 볼 수는 없지만, 일부는 분명 책 출간의 영향이라고 생각한다.

2017년 연말쯤에 강의를 들었던 무명 강사의 책 '새로운 인생 만나는 사람을 바꾸어라' 쓴 저자의 말처럼 감사일지로 인하여 내 주변의 사람들이 한둘씩 바뀌어 가고 있다. 지금껏 인연이 된 사람들은 그저 아는 사이 커다란 영향을 주는 사람이 아니었다. 만나면 술자리, 식사 자리, 수다 떨기 등 성공으로 가는 열차에 승차한 사람들이 아니라 그냥 플랫폼에서 언제 올지 모르는 기차를 기다리는 사람처럼…

혈연으로 만난 사람들은 내가 선택할 사항이 아니다. 그 친족들이 마음에 들지 않고 좋은 사람이 아니라고 한들 어찌하리! 그 속에서 한 일원으로서 맡은 일은 다 해야 하는 것이 아니겠는가?

감사일지를 쓰는 동지들이 모두가 선하다고 할 수 없다. 매일 쓰는 감사일지 덕분에 조금씩 성장해나가고 있다. 혼자만이 아니라 다 함께 성장하는 모습은 참 훈훈하다. 혼자서 성공하기 위해서 몰래 숨어서 자신만의 일을 하는 것이 아니라 서로에게 도움을 주고 응원해나가면서 함께 성장하는 것이 진정한 성공이라 할 수 있다.

부산에 초등학교 선생님께서 감사일지를 쓰시다가 일 년이 지나서 우울증으로 인하여 수업도 못 맡게 되어 건강상 휴직계를 냈다가 감사일지 동지들의 응원으로 인하여 재기하였다. 새로이 감사일지를 쓰시고 있다. 지금은 누구보다 감사일지 잘 쓰신다. 우울증 증세가 없어졌다. 이분은 감사일지의 혜택을 크게 받으신 분일 것이다.

새로운 인연은 이뿐만이 아니다. 꿈을 이어주는 모임 [꿈.잇.다] 는 매주 일요일 7~8시에 만나서 서로의 꿈을 이야기하면서 점점 식어가는 삶의 열정을 되살리게 한다.

매주마다 나갈 수 없다. 일요일에 업무적인 일이 있거나 집안에 일이 있으면 안 나갈 수도 있지만, 특별히 일이 없으면 꼬박 나가서 인생 후반전의 꿈을 새로이 꾸게 되고 도전하는 용기를 얻는다. 이모임에 나오는 분들은 대부분이 나보다 젊은 세대로서 패기와 그들의 사고방식을 배우게 된다.

얼떨결에 세상에 나온 책

직장을 다니다가 실업자가 된 적이 있었다. 2009년 6월이었다. 산림분야에서 나름대로 급여생활자로 열심히 살아오면서 가정경제를 책임져 왔는데, 갑자기 월급이 끊기니 막막해졌다. 취업이야 어딘 들 하겠지만 그렇다고 허름한 구멍가게 같은 곳에 취업할 생각은 없었다. 그럼 대안이 무엇이 있을까? 고민하다가 혼자서 일을 할 수 있는 것을 찾다 보니 자격증 취득을 하면 많은 부분을 해결할 수 있을 것 같았다. 자격증은 기술인의 최고의 자격증 기술사이다. 결코 만만하게 합격할 수 있는 자격증이 아니다.

가정 생계를 위해서 자격증을 취득할 수밖에 없었다. 배수의 진을 쳤다. 그 당시 공부하기 위해서 집 근처 대학도서관으로 출근하였다. 대학도서관은 공부가 가장 잘 되는 장소이다. 시립 도서관에는 중고등학생 일반인까지 출입하다 보니 집중이 안 된다. 사설 독서실은 너무 좁은 공간에서 감옥 같은 느낌이 들고 갇혀 있다는 기분이 들었다. 최적의 공부 장소인 대학도서관으로 출근하면서 아침 7시까지 책상에 앉기 시작하여 23시까지 앉아 있기를 목표로 하였다. 비록 지각하는 날도 많았지만 조금씩 나름 대로 자신과의 약속을 지키고자 매일 나를 다독거렸다. 대체로 출퇴근 시간을 지키려고 노력하였다.

7시에 책상 앞에 앉아서 종일 공부를 한다고 공부가 되지 않는다. 중간에 휴식도 필요하다. 종일 아는 사람이 없다 보니 이야기할 상대도 없다. 고독 속에서 나름 외로움을 이기기 위해서 도서관 열람실을 찾아 책 속의 사람과의 긴접대화를 하기 시작했다. 간접대화는 바로 자기계발류 서적을 읽으면서 고난과 시련을 이겨낸 스토리에서 용기를 갖는 것이다. 책 속의 저 사람도 인생 성공을 향하여 달려가는데 '나'라고 못할 수 있겠는가? 질문을 던지면서 저 사람(작가)도 책을 내고 성공한 인생을 살고 있는데 나도 언젠가 책을 출간하는 작가가 되고 싶다는 욕심을 가졌다. 글쓰기 실력이 부족한 것은 물론이고, 당시의 얕은 지식으로 책을 쓴다는 것은 불가능한 일이었으니, 달나라에서 별을 따는 것처럼 막연한 꿈과 같았다. 책 출간은 막연한 꿈이라고 생각을 한 것이다.

그 막연한 꿈은 10년이 지난 2018년도 4월에 '감사가 긍정을 부른다'라는 제목으로 많은 이들에게 공개되었다. 막연한 꿈이었던 책 출간이 현실이 된 것이다. 책 출간이 성공한 인생이라고 할 수는 없으나 성공으로 가는 길목에서 한 단계 업그레이드시키는 일임은 분명하기에 대단한 일이라 생각된다.

2015년 10월 27일이 매일 쓰는 감사일지의 첫날이었다. 대략 800일째 감사일지를 쓰고 있을 즈음 이 책이 출간되었다. 감사일지는 하루에 짧은 글이지만 글쓰기 실력에 조금은 도움이 되었다고 할 수 있다. 비록 전문작가의 글처럼 감동을 주거나 독자에게 호감을 주는 글은 아니지만 '김영체' 이름으로 책을 출간한 사실은 충분히 감동을 줄 만한 사실이다. 아직은 서툴다. 글의 매력을 느끼기에는 부족하다. 감사일지로 글쓰기가 가져오는 내면의 힘을 갖게 되었다.

책 쓰기에는 다독 다작 다상량이 필요하다. 물론 3박자를 골고루 갖추기만 한다면 전문작가처럼 글을 쓸 수 있다. 글쓰기에서 중요한 것은 글을 많이 써봐야 솜씨가 는다는 것이다. 야구선수의 투수는 매일 야구공을 수 만 번 던지고 커브 직구 속구 슬라이더 등 여러 가지 종류의 공을 던지면서 연습을 해야 만이 실력이 는다. 실력이 뛰어난 선수도 처음에는 서툰 공을 던졌다. 매일 연습을 하고 피와 땀이 흐르는 연습이 없음에도 영광만이 따라오는 선수는 없다. 마찬가지로 글쓰기에도 처음은 부끄럽고 어색한 문장으로 글이 이어지더라도 자꾸 연습해야 할 것이다. 처음부터 남들이 조롱을 당할까 봐? 하는 염려는 필요 없다. 당연히 처음에는 못 쓰는 게 맞는 것이다.

감사일지도 하루 이틀 쓰고 말 것이면 모르겠으나 계속해서 앞으로 삶의 일부분으로서 죽을 때까지 쓴다면 서툰 글이라도 억지 감사라도 단 한 줄의 감사라도 매일 쓴다는 사실에 큰 의미를 두자. 그러면 어느새 조금씩 글쓰기 실력이 쌓여 갈 것이다.

어릴 적에는 선풍기가 없어 부채를 사용하고 멱을 감고 뛰어놀던 시절이 있었다. 더운 날 잠을 제대로 자지 못하였다. 지금도 생각하면 어머니 사랑이 담긴 부채질이 떠오른다. 어머니와 자식들이 모두가 한 방에 누워 잠을 잔다. 밤새 어머니께서는 부채를 흔들며 자식들을 위해 시원한 바람을 일으키며 희생을 감당하셨다. 어머니의 사랑을 여태 모르며 살아온 불효자는 2모작 인생을 준비하는 이 시점에서 깨닫게 된다.

'감사가 긍정을 부른다' 책은 비록 대중들에게 큰 인기는 없지만 '감사'라는 콘텐츠가 좋다. 일부 이 책의 영향으로 감사일기를 쓰기 시작한 사람도 있다. 단 소수이지만 다른 사람의 삶에 영향을 주었으니 책 출간의 가치는 부여가 된 셈이다.

책이 팔린 금액의 10%는 내 수입으로 들어온다. 바로 인세이다. 인세 수입을 처음으로 받아보았다. 예상한 금액의 반도 들어오지 않았다. 예상한 금액이 들어오면 모교 고등학교에 장학금으로 반 기부하고 나머지 반은 보육원에다 기부하려고 하였으나 너무 적은 금액이 들어와서 인세 전액을 감사일지 동지가 다니신 유아원에 기부하였다. 한편으로 아쉽고 한편으로 당당하기도 하였지만 부끄럽다는 생각이 든다. 팔린 책이 그 정도이면 누구나 책을 출간하여도 팔린 부수라 본다. 기부금액이 중요한 것보다 기부하는 마음이 더 가치 있는 일이 아닌가?

기부할 수 있는 능력도 가정경제에 큰 어려움이 없어야 가능한 일이다. 사업이 어렵고 직원들 급여를 줄 수 없다면 기부 자체도 생각조차 못 할 수 있을 것이다. 큰 어려움 없이 사업을 하고 있으니, 책 출간으로 받은 인세를 기부하여도 나누는 기쁨이 더 크게 다가오고 있다.

책이 나오자마자 울산에서 시 낭송가로 활동하시는 구경영님이 전화가 왔다. 평상시 소통을 잘 하는 편이 아니라서 당황을 했다. 구경영님은 나보다 약 100일 정도 먼저 감사일지 쓰시면서 나와 마찬가지로 매일 쓰시는 감사일지 동지이기도 하다.

서로의 감사일지 카카오스토리 공유를 하지만 댓글을 잘 달아주지 않은 관계로 온라인상에서 소통이 많이 이루어지지 않아 뭔가 서먹한 느낌이었다. '감사가 긍정을 부른다' 책을 가지고 북토크를 진행하고 싶다면서 제의를 해온다. 수락 여부를 묻는다. 당연히 OK이다.

북토크가 진행되는 날, 대구에 사시는 유사한 업종의 사장님이 같이 가겠다고 연락이 왔다. 혼자 가는 것보다 심심하지 않게 갈 수 있어서 고마운 일이다. 울산에서 열리는 북토크에는 부산과 울산에 사시는 SNS에서 인연이 되신 분들이 많이 오셨다. 그중에 부산에서 오신 최진운 초등학교 선생님께서 작은 선물을 주신다. 그냥 물건을 구매하여 준 의례적인 선물이 아니라 '미래를 행동하는 꿈'이라는 글자를 직접 쓰신 캘리 문구를 액자에 담아 주셨다. 정성이 가득한 선물이다. 진정 SNS에서 인연은 이미 좋은 분들을 이어주게 해주고 있음을 확인하였다.

그날 북토크 쇼를 진행하신 구경영 선생님은 알고 보니 옆지기와 중학교 동기였다. 더욱 반가움이 더했다. 역시 사람들은 작은 것이라도 연결할 수 있다면 공감대를 형성하고 더 친분을 가지게 된다. 평상시 많은 관중 앞에서 시 낭송을 비롯하며 사회를 진행한 경험은 이날의 북토크 진행도 자연스러워다. 그날에 모인 몇몇 분들은 감사일지를 공유하시면서 새로이 쓰시는 분들이 계시니 이 또한 감사실천의 전도사 역할을 한 셈이다.

대전 북포럼에는 '감사가 긍정을 부른다' 와 같은 출판사에 출간하신 '짝퉁워킹맘 명품워킹맘'의 저자 추현혜 작가가 동행해 주셨다. 같은 도시에 살면서 비슷한 시기에 책이 출간되어 학교 짝꿍처럼 서로에게 의지가 되고 힘이 되었다. 이날도 하루 휴가를 내어 대구에서 출발하여 돌아올 때까지 함께 하여 주셨기에 감사드린다.

아직도 어설픈 작가이지만, 좀 더 전문적이고 글쓰기 실력이 좋은 작가로서 노력하는 중이다. 그 노력으로 이 책을 다시 출간된 것이다. 앞으로 글쓰기로 매일 쓰는 삶을 살고자 노력 중이다.

나의 소중한 유산 감사일지

2015년 10월 25일 일요일에 감사일지를 처음 만나 알게 되었다. 감사일지를 처음으로 쓴 날로부터 이틀이 지난 후 2017년 10월 27일이다. 그로부터 1,000일이 되는 날은 2018년 7월 23일이다. 감사일지를 1,000일 동안 하루도 빠지지 않고 써 왔다는 것에 큰 의미가 있다. 전국에 몇몇 분들은 필자보다 더 잘 쓰고 계시는 몇 분 계신다. 각자가 나름대로 개성을 가지고 쓰시고 있다.

하루에 한 줄이라도 하루도 빠지지 않고 쓸 힘은 함께 공유해주신 동지들이 있었기에 가능했다. 나 또한 사람인지라 쓰기 싫고 귀찮은 적도 있었다. 하지만 오늘 하루 빠지면 다음에도 빠지게 되므로 무조건 단 한 줄이라도 쓰려고 했다. 아마도 전국에서 이렇게 열성적으로 쓰려고 한 사람도 손꼽을 정도이다. 처음 같이 감사일지 쓰던 사람들이 중도 포기하는 것도 많이 보아 왔다. 감사일지를 전해준 민진홍 땡큐테이너도 지금은 공유하

74

지 않고 있다. 그날에 감사일지를 잘 쓰려고 하는 것보다 매일 꾸준히 쓰는 것을 제1원칙으로 정했기에 가능한 것이다.

지금은 같이 감사일지를 공유하시는 분들에게 감사일지를 쓰지 않을 경우, 쪽지를 보내며 감사일지 쓰시라고 독촉하지 않는다. 초기에 감사일지 동지들이 공유하지 않으면 독촉도 하고 함께 오랫동안 인연을 이어 갈 것을 권유하기도 하였으나, 그만둔 감사일지 동지들이 많았다.

꾸준함은 단번에 끓어 버리는 양은 냄비의 근성보다 강하다. 양은 냄비는 신속히 간편히 먹는 라면을 끓일 때가 적합하고 된장찌개 김치찌개를 푹 끓일 때는 양은 냄비보다 뚝배기에 요리하는 것이 더 적합하다. 뚝배기는 양은 냄비처럼 금방 물이 끓지 않는다. 서서히 뚝배기가 뜨거워진 후, 열을 오랜 시간 동안 지니면서 오랫동안 끓여주는 것이다. 우리의 삶도 양은냄비가 아니라 뚝배기의 진한 국물이 나도록 꾸준함이 있어야 할 것이다.

뚝배기에 끓인 된장국처럼 나의 감사일지도 오랫동안 행복이 이어질 것이다.

감사일기로 유명한 미국의 흑인 여성 오프라 윈프리는 30년간 감사일기를 꾸준하게 써오고 있다. 감사일기 덕분에 그녀가 유년 시절의 악몽 같은 삶을 산 미혼모에서 토크쇼의 여왕으로 될 수 있었다. 감사일지를 쓰면서 느끼는 긍정적 마인드가 자리 잡고 있었기에 가능한 일이었다.

감사일지는 혼자서 쓰는 것보다 함께 공유하면서 쓰는 게 중요하다. 공유하지 않고 혼자서 일기 형태로 쓴다면 귀찮고 컨디션이 저조할 때에는 쓰지 않을 경우가 있다. 공유는 사생활 노출이라는 부담도 가져올 수 있다. 일기처럼 모든 일을 상세히 적는 것보다 감사한 일에 집중하여 감사

거리만 쓰면 된다. 공유 시에는 사생활과 비밀이 담긴 이야기는 비공개하거나 감사일지 내용에서 빼도 될 것이다.

직장인이나 기타 직업을 가지고 있는 사람들은 업무와 관련된 내용을 기록하는 것을 일기라고 하지 않는다. 그냥 일지이다. 업무일지라 한다. 업무일지는 업무와 관련된 기록을 한다고 업무일지이고 감사와 관련된 기록물은 감사일지가 된다.

매일 꾸준히 쓰는 것과 공유하는 것과 더불어 감사일지에는 미래감사일지와 함께 쓰면 더 좋을 것이다. 미래일기에다 감사를 더하면 미래감사일지가 된다. 미래일기는 이미 원하는 일 소원이 다 이루어 진 것처럼 가정하여 과거형 또는 현재형으로 작성하는 것이다. 미래감사일지를 쓰게 되면 원하는 방향으로 실제 행동을 일으키기도 한다. 일어나지 않은 일을 가상하여 써야 한다. 상상력을 동원하여야 한다. 미래일기가 실제 일어나지 않는 확률이 많기는 하지만 미래일기를 글로 쓰게 되면 실제 일어날 확률이 높아진다. 미래일기는 하루에 있었던 내용을 가지고 미래감사일지의 주제로 쓰면 큰 어려움이 없이 쓸 수 있다. 아주 단순하고 사소한 것이라도 적어야 한다. 미래감사일지를 쓰는 동지들이 늘어났다.

미래감사일지는 전국에 같이 감사일지를 쓰시는 분 중에서 필자가 가장 먼저 쓰기를 해왔다. 미래감사일지 또한 앞서갈 필자가 단연 선구자라고 하여도 손색이 없을 것이다.

매일 쓰는 감사일지는 때론 일기가 된다. 그 일기는 그 때 그 일을 언제 했지? 하면 기억이 희미해질 때 감사일지 기록물을 검색하면 금방 그 날짜를 쉽게 찾을 수 있다. 감사일지 내용에 사생활의 노출을 싫어하는 내용을 적지는 않지만, 웬만한 내용은 다 노출 시키려 한다. 아주 큰 비밀이 어디 있겠는가? 세월은 길게 놓고 보면 별 것 아닌 인생사 아닌가? 하지만 타인에게 불편을 주는 것은 되도록 자제를 한다.

친구랑 이야기를 나누다가 '그 당시에는 그때 그 일이 있었지?' 하며 기억에서 더듬거려 본다. 하지만 쉽사리 언제였지? 인지를 기억하려고 해본다. 날짜가 기억나지 않는다. 카카오스토리에 지난 시절의 글을 살펴보면 금방 찾을 수 있다. 며칠인지도 알 수 있다.

감사일지를 작성하지 않고 그냥 일기형식으로 기록하여도 아름다운 추억은 남을 수 있다. 감사일지를 온라인에 공유하고 매일 작성하는 것을 원칙으로 하였으니 그날 있었던 이야깃거리가 자연스럽게 남게 된다.

감사일지는 감사하는 마음을 길러지게 하는 것이 최우선의 목적이기도 하다. 매일 기록하면서 좋은 기억을 하나씩 하나씩 기록해 나가게 되는 것이다.

감사일지는 그날에 있었던 일 중 감사에 초점을 맞추어 기록한다. 감사의 크기가 크고 작은 것이 아니라, 스스로가 감사의 마음을 가진 것에 대해서 한가지이던 열 가지이던 있었던 일에 대해서 생각나는 대로 적으면 된다. 여행 중에는 하루 여행지에 있었던 일 중에 감사의 마음을 가진 것을 기록하다 보면 어쩔 수 없이 여행하는 도중에 있었던 일을 기록할 수밖에 없다. 감사일지를 온라인으로 공유하다 보면 나의 사생활의 일정 부분은 노출될 수밖에 없다. 감사일지에서 드러나는 노출보다는 감사의 배움이 득이 더 크다.

100세 시대에 접어든 지금 인생의 반을 살아왔다. 아직은 살아갈 날이 많이 남아있다. 60~70년대라면 평균 수명이 60세 정도이다. 21세기에서 60세는 아직 청춘이다. 대략 60세 정도가 되면 급여자의 경우, 정년퇴직한다. 또 다른 일자리를 찾아야 하는 시대이다. 60세에도 충분히 일할 수 있는 육체적 조건이 갖추어져 있다. 그리고 70세대에는 체력이 떨어져 힘든 육체노동은 아무래도 힘들어할 것이다. 70세를 지나 80~90대까지 병들고 나약하게 살아간다면 인생 후반전이 비참해진다. 후반전 인생을 위해서도 긍정적인 사고와 자기 계발을 게을리하면 안 될 것이다. 긍정적인 사고를 하게 해주는 감사일지 쓰기가 필요한 이유이다.

초등학교 시절 일기를 쓴 적이 있었다. 그때는 선생님이 내준 숙제이기에 마지못해 쓴 경우이었다. 중고등학교 시절에는 어쩌다 한 번씩 일기를 쓴 적이 있었다. 그것도 지속해서 쓰지는 못했다. 사람은 기억의 한계가 있다. 기록하지 않은 추억은 조금씩 희미해져 가게 된다. 기록은 내가 소중했던 시간을 오랫동안 보관할 수 있고 언제든지 그 기억을 꺼내어 행복에 스며들게 할 수 있다.

감사일지 쓰려면 그날 있었던 일들에 대해서 사진을 찍어서 첨부하는 것이 생동감이 있다. 그러다 보니 감사일지 쓰려고 사진을 찍는 버릇이 생기고 혼자서도 낯선 곳, 특별한 곳에 가면 사진을 많이 촬영하게 된다. 그날에 촬영한 사진들을 전부 감사일지에 올리지는 않지만, 감사일지에 올리는 사진은 차후에 쉽게 찾을 수 있는 장점이 있다. 네이버와 카카오스토리가 망하지 않은 이상은 영원히 보관할 수가 있다. 종이와 같은 매개체에 보관이 아니라 웹 공간에 보관하니 언제 어디서나 인터넷만 연결된다면 쉽게 꺼내 볼 수 있는 장점이 있다.

나이 들어가면서 잊혀 가는 과거의 일들을 매일 쓰는 감사일지는 과거를 되살리게 해주는 소중한 나의 문화유산이다.

제3장
꿈꾸다, 살다

인생 2막, 꿈을 꾸기 시작하다

의학이 발달하여 수명이 늘어났다. 지금으로부터 100년 전에 태어났다면 아마 지금은 노인에 접어들어 인생 말년의 삶을 살고 있을지 모른다. 무기력한 생활로 지내고 있을 것이다. 시대적 풍요로움이 많은 시대에 살고 있다. 후대에 갈수록 더 좋은 세상 살기 편하고 부유한 세상이 될 수도 있지만 다른 한편으로 더 못한 환경이 될 수도 있을 것이다.

현시대를 살아가고 있는 지금에 과거로부터 축적된 지구의 자원들을 하나둘씩 소비하고 있다. 대표적으로 전기에너지를 생산하기 위해서 화력발전소, 수력발전소, 원자력발전소 등이 있다. 화력발전소를 가동해가려면 나무를 태우거나 석유가 필요하다. 전기를 생산하고 자동차를 굴리기 위한 에너지가 필요하다. 우리 생활에 필요한 에너지는 지구가 생기면서 수백만 년 전부터 축적된 석탄 석유를 현시대 인류가 마구 사용하고 있다는 것이다. 지구의 에너지 · 뿐만 아니라 조물주가 만들어 놓은 지구의 현상까지도 바꾸려고 한다. 바다를 메우는 간척지 사업들, 철도 도로를 건설하면서 터널을 뚫고 교량을 만들고 어떻게 보면 가만히 누워있는 커다란 지구에 작은 상처를 내고 있다. 현세대의 편의를 위해서 후손들에게 고통을 전가하는 것이다. 현세대가 저지른 지구에 낸 상처를 치유하려고 고통을 감내해야 하는 건 아닌지? 걱정된다. 그저 혼자만의 횡설수설 이기를 간절히 바라는 마음이다.

지구의 작은 상처보다 더 큰 재앙의 초래가 염려된다. 바로 원자력발전에 따른 방사능 폐기물이다. 핵반응으로 인하여 얻은 전기에너지를 마구 사용하고 있다. 한 여름날 40도를 넘은 찜통더위가 이어지고 있다. 전기를 이용하여 실내에는 에어컨 가동을 하지 않고는 숨을 쉬지 못하는 지경에 이른다.

이 모든 것들의 혜택을 현세대가 누리는 것은 오랜 세월 동안 축적된 석유 석탄 덕분이다. 아마도 미래에 재앙으로 닥쳐올 핵폭발 방사능 폐기물 후폭풍의 대가를 미리 사용하고 있는 것이 아닐까?

인간의 지식과 기술의 발달이 점점 복잡해지고 발달해나가는 과정에서 생활의 혜택도 많아지고 있다. 그렇다고 모든 것이 좋아지지는 않는다. 무엇을 얻기 위해서는 대가를 지불 해야 한다. 70~80년대에 각 가정 공장에서 마구 쏟아 낸 폐수로 인한 오염은 결국 인간의 질병을 불러오게 했다. 한정된 공간 지구에서 인류들이 너무 많이 살아가다 보니 평야지는 부족하여 산을 파헤치고 넓혀가고 있다. 숲이 사라지고 있다. 숲이 주는 혜택을 모르고 당장 눈앞의 이익만을 추구하는 것이다.

나약한 존재 중 하나인 나로서는 암울한 미래에 대해서 그 어떤 대책도

세우지 않고 가만히 있을 수밖에 없다. 비참할 뿐이다. 과거를 돌이켜 보면 미래에 대한 꿈을 꾼 적이 없었다. 유년시절에는 그냥 허기를 달래는 본능에 충실하였다. 사회초년병 시절에도 가난에 벗어나서 무엇을 이루어 보겠다는 꿈 자체를 꾸지 않았다. 그간 살아온 관념의 습관에서 비롯된 것이다. 그러니까 자신의 능력을 저평가하였다.

나는 현재 진솔 산림기술사사무소를 경영하는 작은 기업의 CEO이다. 예전에 내가 사업을 하는 사업가가 된다는 생각은 전혀 없었다. 그저 월급쟁이이기를 원하고 있었다. 성장하겠다는 자세와 도전보다 스스로가 현실에 안주하고 있었다. 미래에 도전할 용기조차도 아예 하지 않았다.

그간에 가지고 있던 무의식의 틀을 깰 수 있었던 계기는 바로 글쓰기였다. 책 쓰기를 하는 지금도 부끄러움이 먼저 앞서지만, 현재 가지고 있는 글쓰기 실력의 부족함 또한 잘 알고 있다. 부끄러움보다 내일은 정신적 풍요로움으로 자유로운 글쓰기를 할 수 있는 능력을 갖추기 위해 이 순간에도 글을 쓰려고 한다.

감사일지 쓰면서 글쓰기에 대한 매력에 푹 빠졌다. 글쓰기는 사색의 시간을 가진다. 자연스럽게 내가 하는 산림 분야에서도 실무와 이론이 일치되지 않는 것도 발견하게 되었다. 매일 쓰는 감사일지의 분량은 단문일지라도 매일 하루도 빠지지 않고 작성하다 보니 사고의 힘이 길러졌다.

매일 쓰는 감사일지가 '감사'가 가져다주는 행복감의 크기를 올라가게 해주는 도구라는 사실은 대다수가 말하고 있다. 유튜브 등의 동영상에서 감사일기의 효과를 검색해보면 행복 지수는 높여주고 우울증을 낮추어주는 효과가 있다고 한다. 그에 대한 증명은 그간 써온 1,500일간의 실천에서도 알 수 있었다.

감사일지는 행복 지수를 높여주는 것 외에도 글쓰기의 효과도 가져왔다. 글을 쓰게 되면 자신과의 진정한 대화의 시간을 갖게 된다. 우리가 말을 할 때는 상대방이 있어야 내뱉는 이야기가 된다. 글은 상대방에게 보내는 편지일지라도 일단 나와의 시간을 먼저 갖게 된다. 나를 만나는 시간은 많은 사색을 하게 해준다. 사색은 좋은 생각과 더불어 좋지 않은 기억들을 떠올리기도 하지만 과거의 상처가 치료되기도 한다. 아직은 글을 전문적으로 잘 쓰는 작가라 하기에 부끄럽다. 글쓰기가 주는 여러 가지 효과들이 많이 있다. 그중에서 내면의 힘을 키울 수 있다는 것이 최고의 장점이다.

사색의 힘은 내가 하는 업무에서도 그 효과가 나타났다. 진솔 산림기술사사무소 업무 소통을 하기 위해서 만든 cafe.daum.net/ jinsolforest에 '주춧돌을 바로 놓자'라는 코너를 신설하여 2016년 10월부터 글을 게시하였다. 더불어 카페에 올린 글을 블로그 '내 꿈은 현실이 된다' 에도 게시하였다. 카페에 쓴 글은 이용자 수가 많은 페이스북에다 공유하여 산림 분야 발전을 위해서 임업인들에게 공감대를 형성하도록 하였다. 블로그에서 조회수를 검색한 결과 '선떼붙이기의 올바른 이해' 글의 조회가 많았다. 조회가 많다는 것은 내가 쓴 글이 산림 분야에 영향을 주고 있다고 볼 수 있다. 그 내용이 주관적인 판단이므로 전부 옳다고 할 수 없지만 잘못된 이론이나 모순점을 토론하여 산림 분야 발전을 할 수 있으리라 판단한다. 후배기술자들에게 나의 경험을 전해주게 되므로 내가 초장기 실수를 범한 오류가 되풀이되지 않을 것이다. 이렇듯 감사일지로 시작하여 매일 써온 글이 사색의 힘을 키우게 된 계기가 된 것이다. 또한 그 결과가 산림분야 발전에 기여하는 산림전문가 '김영체'가 되고자 하는 바람이 생겼다.

꿈이 있다는 것은 현실로 이루어질 확률이 높다는 의미이다. 설령 그 꿈이 이루어지지 않는다고 한들 가치가 없는 것이 아니다. 비록 꿈은 이루지 않았지만, 그 꿈을 이루기 위해서 노력을 하였을 것이고 그 노력의 결과물로 나오지 않았을 뿐 과정은 분명 꿈이 없을 경우보다 더 의미 있는 삶이라고 말할 수 있다.

꿈을 찾아 준 「꿈·잇·다」

일요일 아침 7시 여유를 가지며 비 오는 운치를 즐긴다.
각자가 무너진 꿈을 토론하며 다시 꿈을 세운다.
혼자가 아니라 서로의 꿈을 들어주고 응원하고 있다.
내일이면 설령, 그 꿈이 끊어지더라도
다시 꿈을 이어갈 수 있으니
꿈을 말하는 꿈 · 잇 · 다
그 속에 내가 있다.

꿈은 미래의 희망을 품게 해주는 도구가 된다. 꿈을 혼자서 간직하는 것
보다 다른 이들과 공유하는 것이 더욱더 효과적이다. 매주 일요일 7시 또
는 8시에 모여 각자의 꿈을 이야기를 나눈다. 2018년 3월경 처음으로 [꿈

잇다] 모임에 나갔다. 처음에 백종우, 변성우 두 사람으로부터 시작되었다. 두 사람은 대학 친구이다. 4년 전부터 일요일 아침마다 모여 서로의 꿈을 이야기하는 것이 일상생활에도 도움이 되어 일요일마다 모이게 되었다.

자기계발의 모임인 [꿈잇다]에서는 누구의 이윤도 추구하지 않는다. 다른 모임에서는 주도하는 사람 즉 모임의 리더는 이익을 추구하는 경우가 많다. 리더의 생계가 달렸기에 추구하는 것이 당연하다. 이윤을 추구한다고 해서 모임이 나쁘다는 뜻이 아니다. 이윤을 적정하게 추구하되 모두에게 미래지향적 모임이어야 한다. 강연도 하고 독서모임도 하고 강의료를 받고 책 판매가 된다고 할지라도 강연의 질적 내용에 비하여 터무니없는 참가비와 수업료를 받는다면 만족보다 불만으로 나타난다.

리더의 이익을 추구하는 모임은 모든 회원에게 만족을 주기가 힘들다. 그에 비하여 [꿈잇다]에서는 이윤을 추구하는 모임이 아니기에 돈에 관하여 불만이 없다. 오로지 꿈을 가지고 미래에 대하여 준비하고 서로에게 응원을 보내는 모임이기 때문이다. 이 모임의 가장 큰 장점은 돈에 대해서 불만이 없다는 것이다. 순수성이 강한 자기계발 모임이다. 점점 규모가 커지고 알차게 나아갈 것이라고 확신한다. 나아가 대구의 대표브랜드 자기계발 모임이 될 것이라는 예감이 든다.

회원마다 각자가 가지고 있는 재주, 잘하는 분야가 있다. 각자가 잘하는 분야에서 발표도 하고 토론을 해나간다. 나에게는 '감사가 긍정을 부른다' 책 출간 더불어 매일 쓰고 있는 감사일지 덕분에 '감사'라는 주제로 하루 주제 발표와 감사일지를 써 오면서 그간의 변화된 생활에 대하여 발표한 적이 있었다. 그때가 감사일지 쓴 지 1,000일이 조금 넘어선 때였다.

키케로는 '감사하는 마음은 미덕 중 최고일 뿐 아니라, 다른 모든 미덕의 어버이'라고 하였다. 그리고 탈무드에서 '세상에 지혜로운 사람은 배우는 사람이고 행복한 사람은 감사하는 사람이다'라고 한다. 이날 감사에 대한 명언을 예시로 들면서, 그간 감사일지를 써 오면서 긍정적 사고로 전환된다는 사실과 사소한 행복이 따라온다는 사실을 강조하였다. 그간의 감사일지를 쓰게 되어 변화된 사례를 보여주었다.

7시에 모이는 경우는 간단히 모여 산책을 한 후, 8시쯤 카페로 이동하여 대화를 나누게 된다. 주로 장소는 앞산공원 고산골 입구와 만촌동에 있는 커피숍이다. 고산골은 대구 도심지와 연접된 앞산공원에 위치한다. 도심지와 연접되어 많은 시민이 찾아오는 곳이다. 카페는 아침 8시부터 영업을 시작한다. 7시에 모여 앞산공원에서 숲이 주는 자연의 소리를 듣고 맨발로 걸으면서 잠시나마 도심에서의 벗어나게 한다. 비록 잠깐이지만 꿈을 가지고 있는 사람들과 산책을 하는 것 자체가 힐링이 된다. 숲이 주는 평온함도 함께 느낀다. 일요일마다 참가할 수 없다. 다른 일정과 선약이 있으면 참가하지 못하는 경우가 있다. 특별한 선약이 없으면 참가하는 편이다. 남들은 일요일이 주는 여유로 일요일 오전까지 늦잠을 자거나 그저 아무런 계획 없이 TV 시청을 하며 무의미한 시간을 보내기가 일쑤이다. 남들 이야기 이전에 나의 생활이었다.

보통 일요일 아침에 모이는 회원이 4~7명 정도이다. 점점 늘어갈 것으로 예상한다. 현재 회원 수가 30여 명이나 된다. 그 숫자 중에 일부는 그냥 지켜보기만 하고 적극적인 행동을 하지 않는 회원도 있다. 한두 번 참가했다가 그냥 탈퇴한 이도 있다. 모두가 꿈을 가지고 살아가지는 않는다. 설령 꿈을 가지고 살아간다고 한들 그 꿈을 공유하지 않는 이도 있다. 서로

도움이 되고 나누어 줄 수 있는 꿈, 그 꿈을 이루어 나가기 위한 재미있는 삶이 진정한 하루하루를 보내는 알찬 시간의 연속이다.

무더위가 유난히 일찍 시작한 2018년의 여름 어느 날, 고3인 아들 녀석이 공부에 집중하지 않고 텔레비전을 보고 있다. TV에서 프로야구 중계를 한다. 마침 삼성과 기아의 생방송 중계 중이다. 늦은 시간인데도 점수가 8 대8 삼성의 8회 말 공격 중 주자는 만루 투아웃 상황, 여기서 안타를 치면 1~2점을 낼 수 있다. 9회 초 기아공격을 막는다면 승리할 수 있다. 결과는 그냥 무안타 평범한 땅볼로 아웃이 되었다. 프로야구 출범 후 줄곧 대구를 연고로 하는 삼성을 응원해왔다. 삼성의 승리를 바라는 마음으로 애간장을 태우고 있었다.

9회 초 기아의 공격을 간단히 잘 막고는 다시 찾아온 9회말 삼성의 정규 이닝 마지막 공격이다. 기아가 삼성에 반게임 차로 6위 삼성은 7위이다. 삼성이 오늘 이긴다면 다시 순위가 바뀔 수 있는 중요한 경기이다. 9회 초 삼성의 선두타자 박한이가 마무리 투수로 나온 윤석민의 첫 번째 공을 쳐 펜스 상단을 맞추는 2루타를 친다. 조금만 멀리 날아갔다면 홈런이다. 단 1m가 모자라 2루타가 되었다. 아쉬웠다. 노아웃이기에 삼성이 1점만 내면 승리할 수 있다. 다음 타자에게는 삼성은 진루를 시키기 위해 희생번트를 대고 1아웃 3루에 주자가 있는 상황을 만들었다. 두 타자 중 안타 하나만 치면 이길 수 있는 희망이 있다. 다음 타석에 들어선 타자는 방망이를 공에 맞히지도 못하고 삼진, 다음 타자는 내야에 높이 뜬 공으로 아웃이 되었다. 점수를 내지 못하고 연장전으로 들어갔다. 서로 총력을 다해 사투를 벌이는 경기인지라 모든 투수를 동원하여 최선을 다하는 경기였다. 이날 경기 결과는 삼성이 11회초 2점을 내어 주었지만 11회말 공격에서 역전하며 승리하였다. 순위도 기아와 자리를 바꾸면서 6위가 되었다.

야구 경기에서 알 수 있듯이 우리의 삶에서도 기회는 종종 찾아오곤 한다. 그 기회가 항상 좋은 결과와 만족하는 결과만을 가져다주지 않는다. 원하는 결과가 도출되지 않더라도 새로운 이닝을 맞아서 다시 새로운 기회를 만들고 이기기 위해서 실수를 범하지 않고 경기에 집중하여야 한다.

야구 경기와 마찬가지로 우리의 인생도 매년 매월 매주 매일 새로이 시작하는 첫 순간 최선을 다해야 한다. 지금껏 살아온 인생이 비록 내세울 것이 없더라도 오늘 아침도 꿈을 꾸고 인생의 가치를 담아야 한다. 인생의 꿈과 가치를 담아 주는 도구가 나에게는 바로 [꿈잇다]이다. 매주 꿈을 이야기하면서 감사와 함께 행복한 삶을 바탕으로 펼쳐진 후반전 인생의 삶이 기대된다.

원하는 꿈을 꾼다고 하루 사이에 그 꿈이 실현되지는 않는다. 계속해서 그 꿈을 향한 노력과 대가를 지불해야 한다. 꿈은 간절히 원하면 이루어진다고 했다. 꿈은 그냥 꾼다고 해서 이루어지지 않는다. 꿈을 현실로 이루어지기 위해서는 반복적인 뇌 새김이 있어야 한다. 말로서 뱉은 꿈보다 실제 행동을 하는 것이 중요하다. 꿈을 한번 꾼다고 해서 절대 그 꿈이 이루어지지 않는다. 꿈도 반복해야 한다. 즉 뇌에서 꿈을 향한 되새김은 행동을 옮기게 되어 결국에는 그 꿈이 이루어진다.

생각의 반복을 하게 하는 힘은 기록에 있다. 사람은 망각의 동물이다. 순간순간 일어났던 일들은 시간이 지나면 잊어버리게 된다. 잊어버리면 다시 일요일 아침에 [꿈·잇·다]에 나와서 동기부여를 받고 삶의 활력을 찾으면 된다. 그렇게 반복적인 행동은 습관이 될 것이고 습관은 꿈을 이루는 실천사항이 될 것이다.

내 꿈은 현실이 된다

　블로그는 인터넷이 보급되면서 자신의 일기형식처럼 칼럼, 기사, 자신이 쓰고 싶은 글, 사진 등을 주제별로 카테고리를 만들어 보관할 수 있는 온라인상의 공간이다. 21세기에서는 아날로그의 종이책을 대신하고 있다. 종이책이 주는 장점은 손으로 생각한 것을 쓰게 됨으로써 생각에 집중하는 힘이 생긴다. 처음 글을 쓰게 되면서 자신을 되돌아보기도 한다.

　나의 블로그 이름은 '내 꿈은 현실이 된다'이다. (blog.naver.com / bigleader) 2005년 11월에 처음 만들었다. 처음에 별다른 이야기를 올리지 않았다. 2009년부터 조금씩 글을 드문드문 올리기 시작하였다. 본격적으로는 2016년도 감사일지 시즌5부터 감사일지를 올리기 시작한 이후로 블로그가 활발하게 되었다. 블로그에 매일 글을 올리게 되니 주변 사람들의 반응이 보이기 시작했다. 하루 이틀간 단기간에 끝낼 것이 아니라 매일 쓰는 감사일지 덕분에 앞으로 평생 김영체가 글쓰기 습관화가 이루어 지도록 해주는 공간이다.

최근에는 온라인에서의 많은 이웃이 찾아온다. 대부분 신청자를 이웃으로 수락하여 준다. 초기에는 블로그 활성화를 위하여 먼저 남들에게 이웃맺기를 신청하였으나 지금은 신청하지 않아도 일주일에 3~4명이 이웃으로 신청이 들어와 지금은 1,000명이 넘는 이웃들이 있다. 이웃 숫자가 늘어나니 공인이 되어가는 것이다. 아직은 많은 사람에게 선한 영향력을 주는 사람이 아니지만 조금씩 블로그 이웃이 늘어남에 따라 선한 영향력의 크기가 커지고 있음에 어깨가 무거워진다.

[내 꿈은 현실이 된다] 블로그의 카테고리 분류는 크게 9개 카테고리로 나누어져 있다.

① 따뜻한 동행'은 인연이 된 사람들과의 더불어 살아가는 삶의 이야기를 주로 올린다. 일상에서 겪게 되는 많은 이야기를 여기에 싣는다.

② 자유게시판에는 특별히 주제 분류가 모호한 내용을 이곳에다 싣는다. 말 그대로 어떠한 주제와 형식의 틀이 없이 아무렇게 쓴 글이다.

③ 내가 하는 일에서는 산림 분야와 관련된 일을 하는 업무 이야기 또는 책 출간과 관련된 이야기를 적고 있다.

④ '일일목표점검'은 2016년 연말까지는 그날 운동 여부를 댓글 난에다 기록하였다. 기록은 꾸준히 할 수 있게 한다. 기록의 습관을 들였으나, 잠시 쉬는 동안 습관이 무너졌다. 최근 2년간 운동을 게을리하였더니 똥배가 심각하게 나와 버렸다. 운동과 문맹인 탈출을 위한 가장 크게 중요한 카테고리이다.

⑤ 낙서장 : 글을 써 놓고 보면 앞뒤 논리도 맞지 않은 글, 제삼자가 보면 이상하게 여길 수 있는 글들을 모으는 곳이다

⑥ 책장 넘기는 소리 : 성공하는 사람들의 공통점은 모두가 책을 많이 읽고 글을 쓰는 사람들이다. 읽은 책들에 대한 독후감을 적는다. 독서를 게을리한 나로서는 이곳에 글을 채우는 횟수가 적다. 아직 성공자의 반열에 끼이지 못하고 있다는 이야기이다.

⑦ 가족 이야기 : 우리 인간의 최소 사회의 구조 혼자가 아닌 조직의 구성은 바로 가족에서 출발한다. 가족의 범위는 한집에 사는 옆지기 자녀들에서 좀 더 나아가 부모님과 형제들 그리고 친척들까지 넓게 포함하면 될 것이다.

⑧ 글쓰기의 행복에는 산림기술사의 단상, 질문을 하자, 몰래 쓰는 시의 매력, 생각나는 대로 글쓰기 등으로 소분류를 하고 있다. 세상을 비판하는 내용과 나의 가치관 기준과 맞지 않는 글을 보관한다. 나만의 주장을 내세우는 글이라고 보면 될 것이다. 몰래 쓰는 짝퉁 시의 매력은 시라고 쓰긴 썼지만, 작품성의 여부를 떠나 혼자서 중얼거리면서 쓴 단어들의 새로운 배열이라고 하면 된다. 칼럼은 지금껏 한번 우버인 사이트에 게재되었다. 그 이후 두 번째 칼럼은 베끼고 끼워 맞춘 글을 보냈으나 거절당하였다. 그 거절은 글쓰기 실력을 드러나게 해주는 반성이 되기도 하였다.

⑨ 포토 이야기에서는 삶의 이야기를 사진으로 보여주는 공간이다. 글보다 시각으로 쉽게 받아들인다. 이곳은 여행에 관한 사진들이 많이 있을 때 올리는 상황에 해당한다.

닉네임은 '참다운 부자'라고 붙여져 있다. 말은 자꾸 하다 보면 소리나는 대로 정말 그렇게 될 것이라고 본다. 부자의 기준은 물질적 요인 보다 마음의 풍요가 먼저라고 생각한다. 물질적 풍요는 내가 결정하는 게 아니고 신이 만들어 준 것이라고 믿는다.

마음의 풍요는 무엇인가? 남에게 베푸는 삶, 남을 먼저 생각하고 함께 잘 사는 삶이 아닌가? 한다.

그냥 꿈만 꾼다고 해서 모두 현실로 되지 않는다. 세상에 불가능이란 없다. 현대그룹을 키운 정주영 회장은 항상 긍정적인 사고를 하였다. 모두가 '중동 건설 현장에서 무더위에 일이 불가능 하다'고 말하였지만 그것을 가능한 것으로 바꾼 사람이다. 모두가 '안된다'고 대답할 때 '해봤어'라며 시도 자체를 하지 않는 것은 잘못된 선입관이라고 하였다.

현재는 주 52시간 근무 도입을 정부가 강제적으로 시행하고 있다. 일을 게을리하면서 여가 활용과 자기계발이라는 명목으로 일하는 책임은 등한시 한다. 책임은 회피하고 여가 활용 등 권리만 주장하는 것이 아닌지? 의구심도 들기도 한다.

매일 새벽 6시 전후에 칼럼을 올려주는 이웃 블로그가 있다. 포항에서 클래스북스를 운영하는 조신영 작가이다. 다른 이웃들에게는 알람 설정을 하지 않았다. 조신영 작가 블로그에 알람 설정을 해 놓았다. 설정을 했다는 것은 조신영 작가의 글이 읽어 볼 가치가 있다고 생각되기 때문이다. 매일 새벽 6시경이면 칼럼 한편이 올라온다. 칼럼의 내용도 어찌나 길게 적는지 정독으로 읽기에 시간이 많이 소요된다. 철학적이고 인문학적 가치를 담은 칼럼이다. 굳이 긴 장문의 칼럼을 쓰지 않아도 되지만 칼럼의 초반부에는 그날의 주제와 관련된 내용을 언급하다가 중반부에는 있었던 사실은 인용하고 후반부에서 나름의 결론을 낸다. 내면의 힘이라고 생각한다.

즉각적으로 반응을 가장 잘 보이는 SNS는 인스타그램 페이스북 카카오 스토리가 우세하고 블로그는 기록물의 보관에 유리하고 그 기록물을 나중에 찾아내는 데에 유용하다. 단시간에 많은 사람과 소통을 빨리하고자 하면 페이스북 등으로, 오랫동안 삶의 이야기를 차곡차곡 저장하는 데에는 블로그가 유용하다. 웹 공간에서의 보관이라서 네이버가 망하게 되면 어쩌지?

블로그는 과거의 기억과 아름다운 추억들을 쉽게 찾아준다. 내가 하는 일 코너에 산지복구와 임도, 사방댐 등 내가 하는 일에 관한 경험을 기록하고 나면 블로그에서 찾아오는 경우가 많다.

'내 꿈의 현실이 된다.' 블로그가 인기를 얻을 수 있는 비결이다.

맨발로 땅의 기운을 받다

맨발로 걸으면 건강에 좋다. 맨발로 걷되 황톳길 같은 흙길을 걸어야 한다. 맨발로 매일 새벽에 기상하시어 집 주변의 공원을 맨발 걷기를 하시는 분이 계신다. 포항에 사시는 김창운 작가이다. 김창운 작가는 고등학교에서 영어 과목을 담당하는 선생님이다. 2017년 연말에 이은대 작가의 자이언트스쿨에서 책 쓰기 과정을 수강하셨다. '인성수업' 책 출간을 하시고 두 번째 책까지 출간하신 분이다. 김창운 작가는 매일 새벽 맨발 걷기를 하면서 자연이 주는 기운을 받는다. 아무도 가져가지 않은 이른 새벽의 공원의 신선한 공기를 가장 먼저 차지하는 것이다.

맨발 걷기를 김창운 작가가 소개하셨다. 김창운 작가는 포항에 거주하시는 관계로 일요일 아침마다 모이는 [꿈잇다]에 참석하지 못하신다. 대구에서 열심히 맨발 걷기를 하시는 초등학교 교사이신 임문택 선생님을 소개하여 주셨고 임선생님의 맨독글(맨발 독서 글쓰기)에 열정인 [꿈잇다] 회원들이 맨발 걷기에 열광하게 된 계기였다.

처음 맨발 걷기를 할 때 발가락 사이가 갈라졌다. 그간 잠재된 발가락 속에 잠자고 있던 무좀균이 맨발 걷기로 인하여 흙의 기운을 접촉하게 되니 무좀균이 깨어난 것이다. 발가락 사이가 일시적으로 갈라지는 것은 무좀균이 흙이 가지고 있는 기운에 공격을 받으니 마지막 몸부림을 치는 것이라고 한다. 맨발 걷기를 세 번 정도 하고 나면 무좀균 몸부림으로 인하여 발가락이 갈라지더니 그 이후 무좀균이 박멸된다. 맨발 걷기가 첫 번째 효과를 가져준 것은 바로 만성적으로 가지고 있던 무좀이 없어진 것이다. 무좀이 가장 극심했을 때는 군 입대 후였다. 군화를 온종일 신고 다니니 발가락이 항상 땀에 절여 있었다. 무좀균이 기생하기에 최적의 상태를 제공해 준 것이다. 100km 행군 시 발가락 사이뿐만 아니라 발바닥 전체에 무좀균이 번져 심각한 상태를 보인 적도 있었다. 군에서는 신체적 아픔은 악바리 정신으로 충분히 이겨 낼 수 있었기에 무좀균에 대한 심각성을 느끼지 못했다. 군 제대 후 등산화를 오래 신을 때만 무좀균이 활성화되어 그 증상이 나타나면 곧바로 약을 바르고 무좀균 소강상태로 있다가 발가락 사이에 평생 무좀균을 지니면서 살아온 것이다. 그 지긋지긋한 무좀균이 맨발 걷기로 간단히 치료될 줄이라…

봉무공원 단산지는 맨발 걷기 하기에 적당한 장소이다. 집에서 그나마 가깝다. 호수 둘레길 3.5km 안팎이 된다. 천천히 걸으면 1시간이 걸리고 빠른 걸음으로 걸으면 40분 정도 걸린다. 혼자서 가기 때문에 천천히 걷는 편이다. 봉무공원 단산지 둘레길을 맨발 걷기에 적합하도록 재정비공사를 하였다. 전 구간에 황토로 부설하고 다짐 작업까지 완료하였다.

지나치게 평의자와 야외탁자가 많이 설치되어 있어 예산 낭비가 아닌 가? 하는 생각이 든다. 호수 둘레길 2km 지점에는 운동기구도 설치되어 있다. 여러 가지 종류의 다양한 기구도 있다. 잠시 이곳에서 근육 운동하기에 적합하다. 윗몸일으키기 체중을 이용한 팔굽혀펴기 허리 돌리기 등 여러 가지 종류의 다양한 운동기구가 갖추어져 있다. 둘레길 중간지점에 위치한다. 잠시 쉴 겸 근력운동까지 하기에 안성맞춤이다.

단산지 둘레길에는 황토볼 위 맨발 걷기 코스도 마련되어 있다. 황토볼은 자그마한 구슬 모양으로 발바닥 전체에 자극을 준다. 초보자들은 처음에 많은 통증을 느낄 수 있다. 하지만 자주 하다 보면 통증보다는 시원함을 느낄 수 있다. 황토볼을 걷는 구간은 대략 30m 정도로 설치되어 있다. 이어서 진흙 벌 걷는 코스가 이어진다. 진흙벌은 비가 오지 않은 가뭄에 대비하여 일정한 간격으로 수도꼭지를 설치하여 한 낮에 굳어져 버리는 현상을 막아 주기도 한다. 진흙 걷기는 100m 정도 되며 진흙을 걸을 때면 어릴 적 모내기 논에 들어가 모심기를 하던 추억이 떠오르게 된다.

진흙탕 속에서 두발을 걷고 나면 비록 발만이라도 보령해수욕장 유명한 머드 축제 현장에 온 것처럼 잠시나마 기뻐한다. 언제나 기쁨은 행복을 동반하므로 건전한 삶을 살아가도록 해준다.

건강한 삶을 지내기 위해서 맨발 걷기가 최고이다. 맨발 걷기의 효과는 여러 가지가 있다. 앞에서 말한 숙면을 유도해주고 무좀 치료에도 확실하게 좋다고 말하고 싶다. 몸속의 나쁜 자기장을 몸 밖으로 내보낸다. 해 질 무렵에 맨발 걷기를 하고 집으로 돌아오면 23시경에 잠이 쏟아진다. 확실히 맨발 걷기가 숙면을 하도록 도움을 준다. 체험을 통해 확인된 사실이다.

무좀 치료와 더불어 숙면에 도움이 되는 맨발 걷기, 여러분들에게 자신 있게 권장한다. 그 외에도 여러 가지 효과가 있다고 한다. 자폐증을 앓고 있는 어린이들에게 맨발 걷기는 호전된다는 이야기도 들었다.

매일 맨발 걷기를 하지는 못한다. 최소한 주 1회는 하려고 한다. 비 오는 날과 추운 날씨에는 무리가 있으나 발가락 사이가 근질거리면 어김없이 단산지로 나간다.

독서는 필수과목이다

성공하는 사람들은 공통점이 있다. 독서가 성공을 위한 전부는 아니다. 독서를 하지 않고 성공한 사람들은 많지 않으리라 본다. 성공의 정의를 무조건 돈이라고 말하지 않는다. 돈 물질보다는 내면의 힘을 갖추고 품격을 가진 사람들을 성공한 사람이라고 말할 수 있다. 주위 성공한 자들을 보라. 그들은 책과 가까이하고 있다. 책이라고 해서 아무 책이나 읽으면 안 된다. 음란물, 무협지(장르에 따라 다를 수 있다) 종류는 되도록 읽지 않는 것이 좋다. 인간의 뇌는 가상과 현실을 분간하지 못하여 야설도 진짜로 믿을 수 있게 된다.

2017년 6월 이은대 작가가 진행하는 자이언트 북 클래식 책쓰기 강의를 같이 들었던 장인옥 작가의 이야기를 하고자 한다. 장인옥 작가는 39세까지 책을 가까이하지 않았다. 어려운 경제 형편에 직업전선에서 여념이 없던 평범한 주부였다. 책과는 거리가 먼 평범한 주부였던 그녀는 마흔이 되기 1년 전 책을 가까이 할 수 있는 기회를 갖게 되어 하루 1권씩 독서를 하는 독한 여자가 되었다.

모든 책이 사람을 만들지는 않는다. 양서를 읽으면 내면의 힘을 키울 수 있다. 여유로운 삶을 살 수 있게 해준다. 인생의 터닝포인트가 된 독서를 통해 새로운 세상을 만났고 왜 독서를 해야 하는지를 알려주고 있다. 내면의 힘(내공)을 키울 수 있는 유일한 방법은 독서라는 사실을 한 번 더 깨닫게 해준 책이다.

한 강의실에서 책 쓰기 강의를 듣고 대구 1차 수강생 중에서 가장 먼저 책을 출간한 장인옥 작가는 그해 11월에 '일일일책 (一口一冊)' 이라는 제목으로 독한여자의 독한이야기로 책이 출간되자마자 매스컴의 주목을 받게 되었다. 중앙 일간지와 중앙방송에서 소개되었다. 베스트셀러가 된 책이다. 독서가 가난을 벗어나게 해준 것이라고 이야기를 해주고 있다. 그냥 평범한 주부였지만 가정경제를 책임진 남편의 사업 부도로 인하여 생계를 위한 경제생활 하는 과정에서 책을 읽기 시작하여 하루에 책 한 권을 읽는다는 목표를 가지고 실천하였다고 한다. 책 읽기가 당장에 돈을 가져다 주지 않는다. 책을 읽게 됨으로써 생활의 지혜를 습득하게 되어 생활이 나아지기 시작했다고 한다. 현재 경제활동을 하면서 주부독서연구소를 운영하면서 책 읽기를 멀리하는 주부들에게 독서를 전파하는 일을 하고 있다.

어릴 적부터 책을 가까이 한 시간을 보낸 적이 별로 없다 보니 책 읽기에 그리 흥미를 느끼지 못하였다. 부끄럽지만 독서는 그리 잘 하는 편이 아니다. 책 읽는 사람들이 성공하는 도구인 줄은 알지만, 책 읽기에 집중하지 못한다.

2009년 도서관에서 시험공부를 하기 위해서 생계를 내팽개치고 대학도 서관으로 출근한 적이 있었다. 그 당시 시험공부 하다가 따분할 때는 자기계발류 서적을 많이 읽었다. 그때가 독서를 제대로 한 시기라고 할 수 있다. 그 당시 나이가 40대 초반이었으니 책 읽기에 그나마 작은 흥미를 갖게 되었다. 책을 읽으면 서평이든지 독후감을 작성해야 그 책에서 읽은 내용을 내 것으로 가져올 수 있다. 종종 블로그에 그 책에서 마음에 드는 문장을 인용하고 짧게나마 책의 구입된 동기, 책의 가치를 밝히곤 했다.

많은 책을 읽지는 않지만 한 권의 책을 소개하자면 이지성 작가의 2010년도에 출간된 '리딩으로 리드하라'는 책이 있다. 이 책에서는 인문학 고전을 읽기를 권장하고 있다. 이 책을 읽은 후 '학교 공부가 필요 없겠다.'는 생각을 하기도 해본다. 학교 공부는 진정한 학습 전인교육이 아닌 그저 입시 위주의 공부를 하는 곳이다. 입시 위주의 수업을 받을 바에는 '리딩으로 리드하라' 책에서 말하듯이 책을 많이 읽고, 스스로 생각의 범위를 키우고, 인성을 갖도록 하는 것이 더욱 효과적이 아닐까? 하는 생각을 가졌다. 모든 국민이 다니는 학교에 다니지 않으면 공동체 생활, 남을 위한 배려심, 단체생활에서 필요한 상대방을 위한 희생정신과 조직에서만 배울 수 있는 협동심을 배울 수 없을 것이다.

2017년 연말에 김종원 작가의 '부모 인문학 수업' 책이 출간되어 서점에서 팔리기 시작했다. 김종원 작가도 역시 부모들이 직접 책 읽는 모습을 보여줘야 한다고 말한다. 아이들은 특히 고전 인문학을 읽기를 권장하다.

'고전'은 오랜 시간 동안 많은 사람에게 읽혀져 이미 증명이 된 책이다. 단지 고풍(古風)이란 개념을 넘어서 복잡하고 심오한 의미를 지니고 있다. 오래전에 저술한 책으로서 모범서이다. 인류 후손들에게 영원성을 지니는 예술작품을 뜻한다.

　매일 아침 6시경에 조신영 작가의 칼럼이 블로그에 게재되면 알람이 울린다. 조신영 작가의 칼럼을 읽으면 주로 동서양 막론하고 전 세계의 인문학자 이야기를 다루고 있다. 칼럼을 읽고 나면 작은 감동이 있다. 칼럼의 글 내용이 결코 쉬운 내용이 아니다. 지식이 짧은 나로서는 두세 번 정도 읽어야 이해를 하게 된다.

　조신영 작가의 칼럼 중에 고전을 읽은 후 토론에 관한 이야기가 있다. 입시 위주의 교육을 받으면서 단순히 학업성적이 뛰어난 학생은 유학길에서 적응을 못 하는 경우가 많다고 한다. 다방면으로 고전 인문학으로 교육을 받은 학생들이 미국 유학에서 포기하는 경우가 훨씬 낮다고 한다.

　외교부 산하의 국제교육교류협회 사단법인에서 선발한 미국 유학생이 토플이나 STA를 통해 선발한 학생들보다 훨씬 더 미국 유학 생활에 적응을 잘하고 인성도 높다고 한다. 국제교육교류협회에서는 고전 읽기와 토론하는 방식으로 공부한 학생들을 우선 선발한다고 한다. 그만큼 고전 인문학 읽기는 높은 단계로 가기 위한 과정일 것이다.

　조신영 작가에 의하면 고전이라고 해서 무조건 고전만을 읽는 게 아니라 고전 인문학의 종류를 20% 정도 나머지 80%는 일반 서적을 읽으면 된다고 한다. 시간 투자는 거꾸로 고전 인문학에 80%를 투자하고 일반 서적에 20%를 투자해야 한다. 그만큼 고전 읽기가 어렵다는 말이다.

　지금 당장 고전을 읽으라고 하면 포기할 것 같다. 아직 책 읽기에 습관이 안 되어 있고 책 읽는 자체에 아직 재미를 느끼지 못하고 있기 때문이다. 그러면 고전 읽기를 포기할 것인가?라는 질문에 당장 답을 내릴 수는 없지만, 일반 서적 독서에 재미를 가진 후, 고전 읽기에 도전할 생각이다.

지금 당장 고전 인문학보다 책 읽기에 흥미를 들여야 하는 과제가 우선이다.

우리나라 사람의 한 달 평균 독서량은 0.7권 정도 된다. 나 또한 독서량이 남들에게 내세울 수 있을 만큼 많은 양이 아니다. 아직 독서가 습관화되어 있지 않다는 말이다. TV는 독서에 큰 방해가 된다. TV에서 내보내는 영상에 영혼을 조정 당한다. 자신의 사고를 할 수가 없다. 습관적으로 TV를 틀고 아무 생각 없이 보내기 일쑤이다. 한때 집에 있는 텔레비전을 없앤 적이 있었다. 큰 아이는 막 초등학교 입학 할 때이고 둘째 아이는 유치원 시절이었다. 텔레비전을 치우게 되니 처음 한 달간은 무척이나 불안하였다. 적응이 되지 않았다. 한 달쯤 지나니 텔레비전 보는 것 자체가 귀찮아지면서 생활하는 데에 지장이 없었다.

어느 휴일 아침에 잠에서 깨어나 보니 둘째 딸아이는 자연스럽게 책을 보고 있었다. 자연스레 책과 보내는 시간이 많아졌다. 한 살이 많은 오빠보다 학교 수업을 초등학교 3학년 때 넘어섰다. 어릴 때의 책 읽기가 공부하는 힘을 길러 준 것이다. 고등학생인 아들은 어느새 스마트폰에 중독된 것처럼 보였다. 고3이지만 일찍이 공부에 취미가 없는지라 학업은 소홀하다. 시켜도 따라오지 않으니 어쩌랴! 고3이면 잠도 최소한으로 자면서 고3병에 걸리는데 아들놈은 고3병과 거리가 멀다. 한편으로 걱정도 되지만 인성이 그리 나쁘지 않으니 먹고 사는 데에 지장이 없으리라 생각한다.

딸아이도 과외 시간과 야간 자율학습하는 시간 외에 스마트폰에 열중이다. 스마트폰과 텔레비전은 학습능력을 떨어지게 하는 도구이다. 그 순간은 즐거울 수가 있다. 인생에서 도움이 되지 않는다. 텔레비전이 주는 장점 실시간의 뉴스를 접하는 것을 하지 않아도 되는 것은 아니다. 텔레비전은 최소한의 시간으로 시청해야 할 것이다.

독서 습관을 기르는데 있어 남들에게 공개하는 것도 좋은 방법의 하나라고 한다. 매주 책 한 권의 줄거리를 SNS에서 게재한다면 주위에서 관심을 두게 된다. 주변의 시선을 의식하여 책을 억지로라도 읽을 것을 추천한다. 그러면서 책을 읽는 습관이 점점 들이게 될 것이다.

책은 편견을 가진 나에게 망치와 같다. 책을 읽지 않는 다면 혼자만의 울타리에서 갇혀 나오지 못한다. 다른 말로 해서 책을 읽지 않는다면 세상의 변화에 제대로 대처 못 하는 꼴이 된다. 책을 읽으면서 자신이 가지고 있던 잘못된 편견을 버려아 할 것이다.

특히 고전 인문학과 많은 책에서 얻은 지식은 세상을 살아가는 방법들을 알게 된다. 독서는 부자가 되기 위하는 과정이다. 부자들의 공통점은 책을 가까이하였으며, 책에서 성공한 사람들의 경험과 조언에 따라 행동하였다는 사실을 잊으면 안 될 것이다.

건강해야 꿈을 이룰 수 있다

내가 하는 일은 산과 관련이 있다. 가끔 산으로 가는 일이 있다. 숲가꾸기사업의 감리용역을 맡으면서 산으로 간다. 우리나라 숲은 중장년층에 해당한다. 키가 작은 나무끼리 경쟁하듯이 높이 자란다. 나무들도 먼저 공간을 차지하려고 주위의 경쟁하는 나무들과 높은 곳을 먼저 차지하려고 경쟁을 한다. 경쟁에서 지는 나무는 먼저 선점한 나무의 그늘에서 자라게 된다. 나무의 크기에 따라 일정한 면적을 차지하게 된다. 어린나무일 때는 작은 공간만 있으면 되지만 성년이 된 나무에는 더 많은 면적을 차지한다. 나무가 성장할 때 인위적으로라도 일정 면적을 확보해주어야만 숲이 건강해진다.

숲가꾸기사업 감리 업무차 산으로 나갔다. 현장대리인과 공사감독관과 함께 작업 상태를 점검하기 위해서이다. 헐떡거리면서 산에 오른다. 숨이 차다. 근데 머리가 어지럽다. 빈혈 증상처럼 넘어질 것 같다. 부끄럽기도 하고 자존심이 상하는 것 같아 참는다. 서서히 머리가 하얗게 핑 돌면서 주저앉았다. 동행한 현장대리인과 감독관이 나를 보더니 아프냐고 묻는다. 억지로 괜찮다고 하지만 어쩔 수 없이 나무에 기대어 주저앉게 된다. 살고자 하는 본능이 먼저이기에 부끄러움을 감수하고 풀썩 주저앉았다. 식은땀과 몸이 뜨거워진다. 흐르는 땀을 닦아내기 바쁘다. 건강의 중요성을 절실히 느낀 사건이었다.

2016년 연말까지 매일 아침 간단한 운동을 하였다. 그 과정을 매일 블로그에 기록하였다. 업무량이 몰려 있어 아침 운동을 잠시 쉬기로 했다. 한두달 간만 쉬기로 하였다. 재개하기로 한 시점이 지나고도 아직 운동을 제대로 하지 않고 있다. 나의 각오가 나약하다는 것을 보여주는 대표적인 사례이다.

학창 시절에는 굶은 적이 많았다. 대학 시절 집에서 등록금은 마련해 주었지만, 생활비를 달라고 할 수 없었다. 그저 생활비를 최대한 절약해야 했다. 생활비 항목 중에 밥값을 아끼는 것을 우선하였다. 밥값을 아낀다는 사실에 서글프기도 했다. 하루 두 끼만 먹는 것에 만족해야 했다. 그 당시 얼굴은 아프리카 빈민국의 난민처럼 얼굴에는 살이 없었다. 뼈대가 드러나고 삐쩍 마른 체형이었다. 몸무게는 늘 57kg 근처에서 왔다 갔다. 몸무게 60kg 넘기는 게 소원이었다. 지금은 체질량 지수가 높고 근력이 적어 형편없는 몰골로 변했다. 똥배는 중년 남자의 표준이 되었고 팔뚝 근육은 왜소하기만 하다. 거울에 비친 육체를 보게 되면 실망스럽다. 탄수화물이 많은 국수나 라면 등을 좋아하는 것이 복부지방의 원인이다. 하지만 육류를 그렇게 좋아하지는 않으니 다행인 측면도 있다.

젊은 사람들은 건강에 관하여 이야기를 하지 않는다. 주로 40대 50대 넘어선 중년이 된 후부터 고혈압 암 등의 질병과 질환에 관해서 이야기한다. 젊으니까 건강하다고 마구 음주를 하고 흡연을 하게 되면 나이가 들어서 그 증상이 나타난다.

모 산림조합장으로 근무하신 분은 연세가 환갑이 넘으신 분이다. 웬만한 젊은이와 술자리에서 끄떡하지 않는다고 소문이 나신 분이다. 오로지 업무를 술 문화에서 끝까지 버티면 정신줄을 놓지 않고 버티면 강한 자라고 생각하신 것이다. 음주에도 강한 사람이 더 위대할 수도 있다. 그것은 어리석은 짓이다. 생명을 단축하는 일이다. 간단한 음주 정도는 기분을 좋게 한다. 지나친 음주로 누가 오래 버티느냐? 내기는 생명을 담보하는 게임이다. 모 조합장은 결국은 산림조합의 임기가 끝난 직 후 얼마 되지 않아서 세상을 떠났다.

흡연은 전혀 하지 않고 있다. 어릴 적 할머니께서 긴 담배 대에 썰어 말린 담배를 넣어 화롯불로 불씨를 붙인다. 그리고 나면 조그마한 방안의 공간은 금방 담배 연기로 가득해진다.

콜록거리며 "할매예~ 담배 좀 고만 태우소" 짜증 내었다. 추운 겨울밤은 잠시 방문을 열어 놓고 환기를 시키지만 완전한 새로운 공기의 환기가 되지 않는다. 또다시 할머니께서는 습관적으로 담배에 불을 붙인다. 금새 방 안 공기는 하얀 담배 연기로 변한다. 어린 시절의 겨울밤은 고통이었다.

할머니께서는 그냥 위엄을 갖추기 위해서 담배를 피우신 것이다. 담배 연기의 고통을 느낀 어린 시절 기억에 '절대로 담배는 피우지 않을 것이다' 다짐을 했다. 대개 남자 성인들이 모여 건물 한쪽 모퉁이에서 담배 연기를 뿜으며 대화하는 모습이 한편 부러울 때가 있다. 나에게 담배는 영원한 나쁜 악마로 남아있어 그 유혹을 쉽게 이겨냈다. 인생에서 흡연하지 않는다는 것은 참으로 다행스러운 일이다.

음주는 고등학교 졸업 후 추석 명절 전날 동네 친구들이랑 많이 마신 기억이 있다. 그것도 무식하게 무조건 마셔야 하는 줄 알았던 그때가 어리석었다. 다른 한편으로 씩~ 웃으면 작은 추억으로 남게 된다.

사회생활을 한 지 얼마 후 대학교 모임이 있었다. 봄날의 야유회에 참석해서 미니 축구를 한다고 잠깐 뛴 적이 있었다. 숨이 차오를 때까지 4~50m를 전력 질주하고 나니 죽을 지경에 이른다. 고등학교 3학년 때에는 대학입시에 체력징 20점 배점이 있었다. 학력고사 340점 중 20점이다. 별로 배점 비중이 높지 않다고 할 수도 있지만, 대부분 수험생은 체력장 20점 만점을 받는다. 하위권 성적자에게 20점 체력장점수는 클 수밖에 없다. 요즈음 대학입시에서는 체력장 점수반영은 없어졌다. 그로 인하여 수험생들은 아무래도 체육활동은 등한시한다. 우선 입시점수를 높게 받아 좋은 일류대학에 입학하는 데에 우선한다. 그 결과 고등학생의 체력은 점점 떨어지고 있다는 실정이다.

운동을 그리 좋아하지 않은 나로서는 딱히 꾸준히 하는 운동은 없었다. 군대에서는 강제로 시키니 아침마다 조깅을 할 수밖에 없었다. 어쩔 수 없이 할 수밖에 없었던 군대에서의 운동은 100세 시대에 필요한 운동이었다.

야유회에서 잠깐 달리기한 질주는 건강에 대한 경고였다. 경고는 당장 내 현실에 크게 와 닿지 않았기에 무시하고 지냈다. 그렇게 지내다가 중년이 넘어선 지금은 뱃살에 지방이 두껍게 깔려있고 오르막 오를 때는 숨이 헉헉거린다. 이제부터라도 건강이 가장 소중한 자산임을 느낀다.

생각학교 ASK

2015년 감사일지를 처음에는 카카오스토리에다 공유하였다. 2017년 들어서면서 블로그로 옮겨 공유하였다. 이전의 블로그는 빈집처럼 허전하였다. 감사일지를 쓰기 시작하면서 블로그가 조금씩 활성화되었다.

한 달에 두 세 번 정도의 사진과 글을 올리던 블로그는 매일 하나의 글을 올리게 된 것이다. 포스팅을 매일 올리다 보니 점점 이웃들이 늘어났다. 일부 이웃들은 먼저 신청하는 때도 있었다. 남들이 '내 꿈은 현실이 된다'는 블로그를 찾아와 이웃 신청 해오는 경우가 월등히 많아졌다. 그 가운데 블로그 이웃인 조신영 작가님이 나에게 이웃 신청을 해오셨다. 그때가 아마 2018년 봄이었다.

조신영 작가는 이미 많은 저서를 출간하신 분이다. 대표 저서로는 '경청'이 있었다. 60만 부가 팔린 인기도서 작가시다. 베스트셀러 작가께서 먼저 이웃 신청을 해오는 경우가 없었다. 조신영 작가의 블로그와 이웃이 된 후 매일 새벽마다 한편의 주옥같은 글을 올리시는 것을 볼 수 있었다. 새벽 2시에 기상하시어 3시간여 동안 카페에 출근 후 글을 쓰신 것이다. 삶의 지혜가 담긴 글, 동서양의 인문학자의 일화를 소개하는 글이다. 6시 전에 한편의 글이 올라온다. 그 시각에 잠에서 깨어나자마자 조신영 작가의 글을 열어본다.

그렇게 조신영 작가와 인연이 되었다. 2018년 여름, 조신영 작가가 운영하는 생각학교의 1기생 모집 요강을 블로그를 통해서 알게 되었다. 조신영 작가의 새벽을 깨우는 한편의 글에 이미 매료되어 있있기에 의심의 여지도 없이 지원하였다. 지원하면서도 불안했다. 달마다 한 번씩 과제 제출과 인문 고전학을 읽고 토론하는 오프라인 수업을 해낼 수 있을까? 하는 의문이 들었다.

수학 공식을 하나 더 아는 것보다 독서와 토론이 인생에서 더 도움이 된다고 생각하고 있었다. 책의 종류에서도 인문학, 그것도 오랜 세월 동안 검증된 고전학이다. 책 읽기가 습관화되어 있지 않은 나로서는 약간의 부담감을 안고서 지원하였다.

1기생 지원자 중 나를 포함 8명이 합격하였다. 대구에서 매월 첫 번째 토요일 오후 포항 클래스북스로 가야 한다. 한 학기를 보내고 나니 1기생 8명 중에서 가장 불량한 학생이 바로 나 자신이었다. 남들은 이미 책 읽는 자세가 갖추어져 있었고 수업 태도 역시 진지하였다. 이와 반대로 나는 과제 제출조차 불성실하였다. 그달의 서평 쓰기와 과제의 책을 읽고 토론하는 시간에는 벙어리가 될 수밖에 없었다. 토론 시간에는 쥐구멍을 찾아서 들어가고 싶은 마음이 앞섰다. 생각 학교를 무턱대고 지원한 것을 후회하였다.

남들이 시장에 갈 때 거름을 지고 간 셈이었다. 시장에 물건을 팔러 가던지 물건을 사러 가야 하는데 굳이 사야 할 물건도 없고 팔 물건도 없이 그냥 빈손으로 시장에 가기에 부끄러워 거름을 지고 간 셈이다. 거름이라도 지고 시장에 얼쩡거리니 거름을 살 사람들이 있었다.

실력도 안 되는 자가 무슨 생각 학교에 다닐 자격이 되는지? 대학원 입학자격은 학사학위가 있어야 하는데 고졸 자격으로 석사과정의 대학원에 입학한 셈이었다.

한두 번 결석도 하고 바쁘다는 핑계로 과제 제출도 안 한 적이 있었다. 매 학기마다 2기생 3기생 생각학교 연구원들이 모집되어 생각 학교가 규모가 커졌다. 지금은 7기생까지 연구원들이 모였다. 그 가운데 퇴학한 연구원들도 있다. 다들 유능하신 분들인데 왜 그만 두었을까? 의문을 가진다.

2020년 들어서 코로나19로 인하여 오프라인 수업 대신 온라인 수업으로 대신하고 있다. 수업방식도 기존의 기수별 수업에서 각 쿼터(1분기)별로 개설한 강좌를 각자 수강 신청할 수 있도록 변경되었다.

다음은 2019년 여름, 생각학교 컨퍼런스 참가 후기의 일부이다.

파주는 북한과 연접된 도시이자 출판단지가 갖추어져 있는 도시이다. 작가는 파주 출판단지 지혜의 숲을 한 번쯤 다녀가 볼 만한 장소이다. 지난달에 생각학교 출범 1주년을 기념하여 8월 오프라인 수업은 파주출판단지 내 지혜의 숲에서 진행한다고 예고했었다. 그간 어설픈 작가로서 한번쯤은 파주출판단지에 가보았으면 하는 소망을 간직하고 있었기에 나름

쾌재를 속으로 불렀다. 그 조그만 소망이 2019년 8월 17일에 이루어졌기에 환희를 느꼈다.

　-중략-

이 행사의 하이라이트 한기호 소장의 강연이 이어진다. 누구나 저자가 되고 독자가 되는 시대에 살고 있지만 누구가 저자가 되지 않는다. 책 쓰기에서는 첫 문장에 관심을 끄는 임팩트로 전개를 하라고 하신다. 그리고 내게 하신 말씀인 듯 '사업자에게는 탐욕은 100% 망하게 된다'고 말씀하셨다. 이타적 마음으로 진솔산림기술사사무소를 운영하라고 가르쳐 주셨다.

이제는 학력 경력이 중요한 시대가 아니다. 개인의 능력 즉 글쓰기가 중요한 시대라고 강조하셨다. 그간 게을리 한 글쓰기를 더욱 열심히 해야겠다.

이어서 진행된 플랭크님의 강연은 베스트셀러가 되는 방법에 대해서 설명한다. 가만히 있으면 베셀이 되지 않는다. 책의 유통과정을 알려주셨다. 아직은 초보 작가인 나로서 베셀보다는 매일 글쓰기를 통하여 내면의 힘을 키우고 진정한 나와의 대화를 통하여 내공을 키우는 것에 우선하여야 할 것이다.

이제 지혜의 숲을 떠나 저녁 만찬 장소로 이동한다. 아침에 혼자서 들렸던 통일전망대 인근이다. 저녁 식사 후 바로 인근 해일리 마을 시간이 촉박하여 제대로 산책도 못 했다. 1기생들과 조신영 작가님과 빵집에 들러 비싼 음료를 작가님께서 계산하시는 데 이번 행사에 큰 출혈을 하신 것 같아 1기생들만 있는 자리라서 내가 얼른 계산했다.

그런데 호야님이 진지한 이야기를 꺼낸다. '휴학하고자 합니다.' 잠시 침

묵이 흐르고 테라로샤님이 '휴학은 안 된다'고 한다. 코스모스님도 '생각 학교 끈을 놓으면 안 된다.' 강조한다.

'지난겨울에 나도 자퇴하려고 했는데. 그나마 불량학생으로나마 여기까지 온 것이 잘 한 것 같다.'하면서 울고 있는 호야님을 위로했다.

울 아들보다 나이가 많다. 아들 또래 되는 호야님에게 생각학교 동기생이 아니라 어린 학생으로 반말을 하며 그간 어설프게 살아온 인생경험담을 들려주고 질문에 답을 하면서 억지로 대전까지 같이 내려왔다. 혼자서 밤길에 졸음운전을 해야 하지만 다행히 호야님과 대화가 이어지니까 무사히 대전까지는 안전하게 올 수 있었다.

착한 호야! 결론은 휴학은 안 하기로 결정했으니 생각학교 1기생 여러분은 앞으로 졸업할 때까지는 무조건 한배를 탄 운명처럼 살아 있는 동안은 같이 가야 할 것이다.

생각 학교 5년의 과정은 쉽지 않다. 대학원보다 더, 석사과정보다 더 힘난한 과정이다. 정규학업 과정이 아니지만, 내면의 힘을 키우는 과정이다. 비바람 몰아치는 지상에서 먹구름 위로 올라서기 위한 과정이다. 생각 학교를 수료하는 날까지 다 같이 당겨주고 밀어주고 함께 가자.

제4장
버킷리스트

부모님 집 짓기

올해 아버지 춘추가 아흔둘, 어머니께서 여든여섯. 해가 바뀔 때마다 기력이 떨어지고 있음을 실감한다. 인간의 수명은 유한하기에 신(神) 앞에서 어쩔 수 없이 무릎을 꿇게 된다. 앞으로 10년은 더 건강을 유지하면서 사실 것으로 믿는다. 100세를 넘어 120세, 150세까지 사시면 더할 나위가 없다. 이미 기력이 쇠약해지신 부모님께서 건강 유지하시면서 오래 사시길 기도할 뿐이다.

작년 연말에 6남매 가족들이 모인 밴드에 하나의 글을 올렸다. 부모님께서 사는 집터에 새로운 자그마한 집을 짓자고 제안했다. 모든 가족이 반대한다. 아버지께서도 반대하시고 형님도 반대하신다. 집을 신축하여 몇 년을 거주할 것이냐? 반문한다.

하루라도 늦기 전에 낡은 집을 부수고 깔끔하게 집을 지어 드리고 싶은 심정이다. 건축비 대략 7~8천만 원 정도이면 충분하다. 인테리어는 하지 않고 실속으로 생활하는 데 불편함이 없는 데에 초점을 두면 가능하다고 본다. 대학 후배인 건축사와 논의를 한 적이 있었다.

건축비용은 내가 전부 부담하는 조건이다. 안타깝다. 추진력 있게 당장 밀어붙이지 못하는 나의 결단력에 아쉽기만 하다. 다른 형제들은 금전적인 부담에 반대하고 있다. 설령 신축한 후 부모님께서 얼마를 거주할지 의문이 들기 때문이다. 하루빨리 서둘러야 하니 버킷리스트 1순위에 올려놓았다.

지금 사시는 집은 일제 식민지 시내에 지은 초가집이다. 70년대 초반에 지붕을 기와로 바꾸고 기와집으로 변신한 것이다. 그것도 아궁이가 있는 부엌이다. 어릴 때 기억이 선명하다. 지붕을 받치는 나무 기둥은 불안해 보인다. 방안의 천장은 겨우 성인 키 정도로 낮다. 결혼하기 전에 지붕과 나무기둥만 그대로 둔 채로 개조한 집이다. 그나마 개조한 후 싱크대를 넣고 어느 정도 깔끔하게 지내 왔으나 단열이 제대로 되지 않는다. 빗물도 새고 형편없는 집으로 변하였다. 그 세월이 20년이 훌쩍 지났기 때문이다.

지난여름 지붕에 빗물이 샌다고 목돈이 들었다. 아버지께서 가진 돈으로 반 부담하시고 나머지 금액은 형제들 간 나누어 부담하였다. 큰 형님께서는 모른 체하여 얄밉기도 했다. 나머지 금액의 많은 부분을 내가 부담하였다. 인천에 사시는 둘째 형은 늘 형편이 어렵다고 하여 부담에서 빼달라고 한다. 똑같은 자식인데 어찌 자식에서 이름을 뺄 수 있을까? 설득하였다. 금액의 많고 적음이 중요한 게 아니라 동참을 하느냐? 하지 않느냐? 가 더 중요하니 단 5만 원이라도 부담하라고 하였다. 5만 원이 전체 지붕 보수공사 금액에서 1%도 되지 않지만, 똑같은 자식으로서 함께 부담했다는 게 의의가 있을 것이다.

사실 큰 형님은 지붕 보수공사에 전혀 부담하지 않았다. 가정 형편이 그리 어렵지 않은데도 그냥 모른 체, 하시길래 나 역시 강제적인 동참요구는 하지 않았다.

단돈 10원이라도 부담을 했느냐? 안 했느냐? 에 따라 이미지는 크게 달라진다. 누가 얼마를 부담한 게 아니라, 작은 성의가 먼저일 것이다. 10만 원 당장은 쓸 만한 금액이지만, 10만 원 금액이 없어도 살아가는 데 전혀 지장이 없다. 아무리 어려운 형편이라도 함께하는 참여하는 정신이 중요함을 알 수 있다.

부모님 집터는 옛날 집터 그대로이기에 넓지가 않다. 거실 겸 주방에다 욕실 하나에 그리고 방 하나면 충분하다. 방에는 아궁이 장작불을 피우는 구들장으로 놓으면 좋을 것이다. 거실의 남쪽으로 전면 유리창을 두어 햇볕이 많이 들어오게 하고 발코니를 두고 싶다. 대략적인 전체 건물의 크기는 가로 12m 세로 8m 정도로 그냥 두 분이 생활하는데 필요한 공간으로 충분할 것 같다.

겨울에 온수가 나오면 세면에 편리할 것이다. 무엇보다 중요한 것은 화장실이다. 재래식 화장실이다. 너무 불편하다. 옛날에는 모든 사람이 재래 화장실 소위 '통시'라고 부른 화장실에서 똥을 누고 소변을 보았다. 노인이 되신 두 분에게 어쩌면 가장 절실한 게 화장실 개조가 아닌가? 그래야 노후에 좀 더 편리하게 생활하실 것이다.

내가 하는 일은 산에서 이루어지는 일들에 대한 설계 감리를 한다. 업무상 산으로 자주 나가게 된다. 도시보다 농촌으로 나가 전원주택단지를 종종 보게 된다. 가끔 보게 되는 전원주택을 보면 부러워 보이는 집이 있다.

물론 겉보기로만 판단해서 그렇다. 겉보기에 화려한 집보다 실속 있는 집이라면 더 좋을 것이다.

실속 있는 집은 어떤 집일까? 주변 이웃들과 친밀감도 높고 정감이 가는 그런 집이면 더욱 좋을 것이다. 부모님이 계시는 곳은 이미 정이 있는 곳이다. 평생을 살아오신 땅이기 때문이다. 주변의 논과 밭 산 그리고 돌멩이 하나까지 모두가 한평생을 희로애락 하면서 보낸 세월이기에 실속은 100점일 것이다. 현재 누추한 집조차도 정감이 있다고 할 수 있지만 불편하다. 빗물이 새고 겨울에는 찬 기운이 들어오고 여름에는 덥다. 바람이 앞뒤로 통하지 않는다. 나 역시 불효자이다. 자식 된 도리로서 이 세상에서 가장 소중하신 두 분을 그런 곳에서 거처하도록 지켜보고 있으니 이 책을 통해 형제들에게 알리고 싶다.

고향 마을 앞 들녘은 1995년도에 경지구획정리를 한 절대농지이다. 작년 연초에 경지구획 내에 신축주택이 들어 서 있었다. '어~ 절대농지에도 집을 지었네' 수소문해보니 농민의 자격이 있으면 신축 가능하였다.

아버지 명의에서 큰 형님 명의로 이전된 논에다가 신축주택을 지으려고 이리저리 뛰어다녔다. 결국에는 주변에서 반대가 심하여 그만두었다. 아직도 그에 대한 미련을 버리지 못하고 있다. 자그마한 집을 현대식으로 짓는데 1억이면 충분할 것이다. 그 돈 내가 전부 부담할 수 있다. 왜 반대하는지 밀어붙이지 못했는지? 돈은 죽을 때 가지고 갈 수 없는 데 말이다. 아까운가? 아깝지 않다. 돈은 없으면 벌면 된다. 아니 그 돈 없어도 살아가는 데 전혀 애로사항이 없다. 그냥 조금 불편할 뿐이다. 욕심을 줄이면 다 해결이 되는 것이다. 제발 형제들에게 고한다. 반대하지는 말아 달라고 이 책을 통하여 간절히 간청하는 바이다.

새로운 집에서 단 일 년을 사시더라도 그 정도면 충분하다. 어머니 아버지에게 후회하지 않는 불효자가 되지 않도록 해줄 것으로 믿는다.

진솔 산림기술사사무소 신사옥

2011년 2월 25일에 진솔산림기술사사무소 개업을 하였다. 개인사업체인 산림기술사사무소 문을 열기 위하여 2009년 6월부터 본격적인 공부를 한 적이 있었다. 그 당시 다니던 직장을 그만둔 터였다. 다시 돌아갈 수 없는 다리를 건넜기에 배수의 진을 쳤다. 생계를 내 팽개치고 오로지 도서관으로 출근하여 기술사 자격증 취득만이 당시 내가 살아가는 방법이었다. 종일 공부한다는 것은 결코 쉬운 일이 아니다. 그간 학업을 열심히 하지 않은 나로서는 공부하는 습관이 갖추어지지 않았기 때문이다.

다니던 직장을 그만두었기에 백수였다. 한 가정의 가장으로서 경제 활동을 책임져야 하는 막중한 책임이 있었다. 살기 위해서 기술사 자격증 취득 외에 다른 선택이 없었다. 공부하기 위해서 아침 일찍 일어나 도서관으로 출근하려고 각오를 하였다. 공부를 시작한 초장기 때에는 도서관으로 일찍 나가는 실행을 옮기지 못했다. 그만큼의 습관이 안 되어 있었던 것이었다. 하루 이틀 자꾸 날짜를 보내면서 나를 통제하지 못하는 안타까움에 간절해졌다. 조금씩 할 수 있다는 의지를 다지니 보름여일 만에 아침에 늦잠을 자는 습관을 바꾸게 된 것이다.

습관을 바꾸고 책과 싸움을 하기 위해 매일 07시까지 인근 대학교 도서관으로 가서 앉는 것을 목표로 하였다. 23시에 집으로 돌아오는 것을 계획하였다. 07시부터 23시까지 하루 15시간을 도서관에 있기가 결코 쉬운 일은 아니다. 07시까지 도서관으로 출근하는 것 자체도 힘든 일이었다. 매일 그날의 공부한 내용을 기록하였다. 단순히 기록은 기록으로 끝이 나지 않는다. 기록하게 됨으로써 반성과 매일 굳은 결의를 다지는 계기 되었다. 기록은 흔들리기 쉬운 마음을 바로잡아 주는 역할을 하였다.

돌이켜보면 7시까지 도서관에 책상 앞에 앉은 날들이 그리 많지 않다. 비록 실패하더라도 조금이라도 자신과 약속을 지키려고 하는 각오가 생기게 되었다. 그 각오는 스스로 약속을 지키고 정한 시간에 착석할 수 있게끔 해주는 원동력이 있었다.

그러한 노력의 대가로 첫 번째 시험에서 보기 좋게 떨어졌지만, 두 번째 필기시험에서는 합격하였다. 면접시험 역시 한 번의 낙방을 경험하고 두 번째 합격하였다. 그때가 2010년 11월이었다. 직장을 던져버리고 목표로 한 시험을 통과하기 위해서 정확히 1년 6개월의 시간을 보냈다. 간혹 아르바이트하며 생계에 보태기도 하였다. 비록 적은 액수이지만 돈을 벌기도 했다. 어려운 시기에 나를 도와준 분들에게 감사의 인사를 지금이나마 드린다.

어려운 시기에 받은 작은 도움은 엄청나게 고마움이라는 사실을 알게 되었다. 아마 작은 도움을 주신 분들은 사소하니까 모를 수 있다. 어려운 환경에서 받은 작은 도움은 그 은혜가 너무도 크게 다가왔다. 그 깨달음을 얻었기에 이제는 내가 베풀 차례라고 생각한다. 베푸는 삶을 연습을 하자.

2010년 11월 합격과 동시에 개업을 곧바로 하여도 되었으나, 잠시나마 여유를 갖고자 하였다. 개업 시 몰려드는 업무처리 시스템을 갖추지 않았기에 다음 해 봄으로 개업을 연기하였다. 개업에 필요한 사무실도 있어야 한다. 책상, PC, 프린터 등 최소한으로 시스템을 갖추려면 이천만 원이 필요로 했다. 나에게 돈이 없었다. 1년 6개월간 가정경제를 겨우 이끌어 왔는데. 어쩔 수 없이 사무실은 집 앞 조그마한 뒷골목에다 낡은 사무실을 얻었다. 봄이 시작되는 3월이지만 꽃샘추위에서도 온몸을 벌벌 떨면서 일을 하게 되었다.

이제는 말을 할 수 있다. 기술사 시험 합격 이후 내가 해온 경력을 어느 정도 인정받고 있었기에 개업만 한다면 일거리를 가져와서 할 수 있는 여건은 마련되었다. 개업을 늦춘 이유는 준비가 덜 된 이유도 있었지만 ○○사에서 맡은 용역을 대신 부탁을 해왔었기 때문도 있었다. 발주처에다 비공식이지만 내가 수행한다는 사실을 알리자고 건의하였으나 ○○사에서는 비밀로 해 달라고 하였다. 비겁하게 일을 하기는 싫었다. 마지못해 산림 분야에서 선배 기술사이다 보니 거절하지 못하고 업무를 진행하였다. 개업한 후 그 용역 대가를 청구하려고 하니 통상 업계에서 지급하는 비율의 반만 준다고 한다. 뒤통수를 세게 얻은 맞은 꼴이다. ○○사에서 나의 경제 사정을 안다면 그럴 수가 있는지? 더군다나 먼저 다가가 손을 내밀고 구걸한 것도 아닌데, 도리어 대행해달라고 먼저 요청하였는데, 용역대가 절반만을 받는 횡포에 뒤통수를 맞은 꼴이다. 이제는 세월이 많이 흘러 서로가 잊혀 버렸다. 그 당시는 무척 불쾌했지만 좀 더 성숙한 나를 만들기 위한 시험대였다고 여기고 있다.

곰팡내 나는 좁은 사무실에서 2년간 임차를 하였다. 임대차 계약은 보통 2년간 설정하는 게 통상적이기 때문이다. 임차 기간 2년간이 끝나는 시점이 2013년 3월이다. 분양면적 49평, 전용면적 32평 신축빌딩 미분양된 오피스텔을 매입하였다. 2년간 모은 돈은 턱없이 모자란다. 분양가액의 절반 이상은 은행에서 대출을 일으켰다.

새 건물에 입주하여 지금껏 지내고 있다. 점점 규모가 커지고 사업매출도 많아졌다. 동료 숫자도 늘어났다. 코로나19로 인하여 잠시 주춤거리고 있으나 동료들과 함께 지내기에는 전용면적 30평형의 실내공간은 좁은 감이 있다.

지금의 사무실은 각자의 공간은 충분하나 회의실이나 쉼터 공간이 없다. 동료들 복지 차원의 휴식공간이 없는 게 안타깝다. 회의실을 갖추고 휴식공간이 있는 더 넓은 공간에서 동료들과 많은 토론을 하여야 업무 지식도 증대되고 효율성 또한 높아질 것이다.

단독건물 3~4층짜리 외곽지에다 진솔산림기술사사무소 사옥이 있었으면 한다. 내가 하는 일은 식당이나 슈퍼마켓처럼 사람들이 모이는 장소가 아니어도 된다. 한가한 도심지를 벗어나 외곽지에 주차공간이 넓은 곳이 좋다. 단지 외곽지로 나가는 경우가 많으니까 고속도로 나들목 근처가 제격이다.

얼마 전 대학 동기가 운영하는 건설회사에서 신사옥을 신축하여 입주하였다. 외곽지에 주차공간이 충분한 곳이다. 그렇다고 서두른다고 사옥 신축이 쉽사리 되지 않을 것이다. 늘 사옥의 부지의 적당한 장소를 물색하고 있다.

신사옥 건립이 된다면 자이언트 책 쓰기 수업 진행하는 공간으로 활용하길 바란다. 더불어 생각 학교 대구지역 오프라인 수업에도 활용하였으면 한다. 두 강좌만큼은 공짜로 빌려주고 싶다. 자이언트 책 쓰기를 통해 책 출간을 할 수 있었던 대가를 돌려주어야 한다. 생각 학교도 마찬가지이다. 불량 학생이었던 내가 조금 더 성숙할 수 있는 계기가 된 생각 학교이었기에 당연히 무상으로 대여하는 것이 도리가 아닌가? 신사옥의 개념은 모두를 위한 공간으로 사용하기를 바란다. 그 꿈이 현실이 되는 날까지 오늘도 최선으로 다하는 하루를 살아야 할 것이다.

산림 분야 고수되기

2018년 4월에 첫 번째 책 [감사가 긍정을 부른다]가 출간되었다. 얼떨결에 출간된 것이다. 운이 좋았다. 첫 번째 책의 출간은 자비로 구입하여 주위 분들에게 나누어 주기도 했다.

첫 번째 출간이 되고 1년이 될 무렵, 두 번째 책 [숲에서 길을 만들고 물을 다루다] 출간계약을 맺었다. 갑작스럽게 이루어진 일이다. 생각학교를 운영하시는 조신영 작가님께서 행운을 갖다 준 것이다. 생각학교의 연구원들에게 책을 출간하기 위한 목적으로 출판사를 만들었다. 출판사 이름은 '도서출판클북'이다. 생각학교 연구원들에게도 글쓰기 과제를 내주었다. 글쓰기는 독려하기도 할 겸 책을 출간함으로써 얻게 되는 희열을 안겨줄 의도였다.

다른 연구원들은 초고 작성을 하려면 두세 달 걸린다. 나에게 그간 평상시 써놓은 초고가 있었다. 그간 내가 하는 일에 대한 글이다. 산림기술사사무소를 운영하면서 만든 카페에 '주춧돌을 바로 놓자' 공간을 만들어 놓았다. 평상시 '어~ 뭔가 어색하고 이상하다.'라고 느끼는 점에 학문적 이론적 논리적인 전개 없이 쓴 글이다. 처음 산림 분야에 들어서면서 범한 실수들을 이제 막 산림업을 시작하는 초임기술자들이 똑같은 실수를 범하고 있음에 안타까웠다. 대학교재에서도 서로 다르게 언급하고 있는 내용을 비교하고 그에 대한 생각을 모은 글이다.

주로 산림 공학 분야에 관한 이야기이다. 임도(林道) 설계를 하면서 주의할 점과 그간 실수를 하면서 꼭 이것만은 명심하자는 내용이다. 사방(砂防)사업의 모순들도 언급히였다. 사방사업에서 공종별 용어의 잘못된 선택과 규격의 오류를 지적하였다. 초임 산림기술자들이 범하기 쉬운 내용으로 이루어져 있다. 산림기술자의 사명감에 대해서도 언급하기도 하였다.

대략 60개의 소주제로 이루어진 책이다. 한 주제당 분량이 그리 많지 않다. 핵심내용을 전하기 위해서 사진이나 그림을 그려 설명하였다. 이 책이 출간되었으나 썩 좋은 반응은 아니다. 그렇다고 '주춧돌을 바로 놓자' 글쓰기를 멈추면 안 된다. 수시로 산림 분야에 도움과 개선할 점이 있다면 글을 쓸 것이다.

대학에서 토목공학을 전공하였으나 취업을 건설 분야에 하지 않았다. 대학 졸업 당시에는 건설 분야 경기가 호황이라서 토목기사 자격증만으로도 취업을 쉽게 할 수가 있었다. 대학 졸업하기 전 아르바이트 한 적이 있었다. 흔히 말하는 '노가다'인 막노동을 했다. 비가 오나 눈이 오나 공사기간 내에 일을 마무리하기 위해서는 일요일에도 쉬지 못한다. 거기다가 집에서 가까운 곳에 현장이 위치 하고 있지 않았다. 연중 집을 떠나 객지 생활을 하여야 한다. 삶의 여유도 없이 막무가내로 황소처럼 노동해야 한다는 현실에 건설 분야 취업을 꺼렸다.

졸업과 동시에 실업자가 되었다. 백수가 주는 여유는 삶을 나태하게 한다. 졸업 후 2년간 7급 공무원 시험 준비라는 핑계로 어영부영 세월을 보내고 막상 취업하려니 마땅한 곳이 없었다. 그러던 중 산림조합중앙회에서 토목기사를 채용한다는 소식에 무조건 지원서를 냈다. 하는 일이 무엇인지 알아보지도 않은 채 말이다.

1995년 산림조합중앙회 경북지회에서 첫 사회생활을 하게 된 것이다. 산림청에서 임도(林道)를 확충하던 시기였다. 임도는 산속에 개설하는 도로이다. 산림 분야에서 시행하지만 도로이다 보니 토목공학적인 요소가 많은 부분을 차지하였다.

임학을 전공한 졸업자보다 임도 설계는 토목공학을 전공한 자가 더 빨리 적응하고 실무에 도움이 되기에 토목기사를 채용한 것이다. 1990년대에는 산림 분야의 예산이 얼마 되지 않았다. 건설 분야 예산의 1%도 되지 않았다. 그 이후로 산림토목의 분야의 예산은 점점 늘어나 덩치가 커졌다. 산림청에서 2005년도에 산림 관련 법률이 산림법 하나에서 분법화가 되었다. 지금은 산림 관련 법률이 20가지가 된다. 산림의 법률적 영역이 확대되었다. 산림 관련 법률이 분법 되기 전까지는 산지에 조림하거나, 풀베기, 덩굴제거, 솎아베기 등 사업은 ha당 기준 단비를 정하여 놓았다. 그 기준 단비에 비례하여 사업 실행면적의 사업비를 산출하였다. 현장지형 여건, 입목본수도 등 여러 가지 요소에 따라 사업비를 반영하지 않은 것이다.

산림법이 분법되면서 산림사업에서도 설계 감리제도가 도입되었다. 업무 영역의 확장은 산림기술자의 증가가 동반되어야 한다. 그로 인하여 2005년 이후 산림기술자들이 많이 양산되었다. 심지어 건설 경기 침체로 인하여 건설 종사자들도 산림 분야로 진출하는 기술자가 있었다. 산림사업의 르네상스 시대로 접어든 것이다.

1995년에 입사한 산림중앙회 경북지회는 타의에 의해서 그만두게 되었다. 같이 근무한 A선임자가 개인 산림기술사사무소를 개업하면서 나를 스카우트하려고 했다. 그 선임자와 2년간 같이 근무를 하였다. A는 같은 직장의 선임자로서 모습일 때와 오너로서 모습은 너무 달랐다. A와의 갈등은 1년 만에 찾아왔다. 심하게 다투게 되었다. 다시 돌아갈 수 없는 산림조합이었다. 어쩔 수 없이 주어진 현실 앞에서 항복하고 만다. 서로에게 사과한 후, 다시 A의 개인사무소에서 주어진 급여생활자의 생활을 다시 하게 된다. 오래 가지 못했다. 정확히 A와는 2년간 근무하고 헤어졌다. 부작정 뛰쳐나왔다. 갈 곳이 없다. 뭐 하고 살 것인가? 어린 자식들은 어떻게 먹여 살려야 할 것인지? 아무런 대책이 없었다.

그 답은 이내 찾았다. 산림기술사 자격증을 취득하면 되면 많은 문제가 해결될 수 있었다. 기술사 자격증을 딴다면 국가에서도 인정받고 산림종사자들에게 당당할 수 있다. 이것 말고 살길이 없었다. 배수의 진을 친 것이다. 과거로 돌아갈 수도 없다. 뒤로 후퇴할 길 또한 없다. 오르지 죽음을 각오한 싸움터에 선 장수와 같았다.

생계를 내던지고 도서관으로 출근하여 산림기술사 공부를 전념하였다. 공부에 전념하고서 응시한 첫 번째 시험에서 아깝게 떨어졌다. 다시 멈출 수 없는 일이다. 6개월 후 치러진 시험에서 턱걸이로 합격하였다. 1차 필기시험을 통과 한 것이다. 합격에 흥분하여 2차 면접시험을 제대로 준비하지 않았다. 2차 면접시험도 한 번 낙방의 경험을 하고서 두 번째 응시한 시험에 최종 합격하였다.

산림기술사 자격증은 1인 기업을 만들 수 있는 자격이다. 이듬해 본격적으로 먹고살기 위해서 진솔산림기술사사무소를 개업하여 조금씩 일을 수주하였다. 때마침 공직생활을 마감하시고 정년 퇴임하신 분이랑 인연이 되어 함께 근무하였다. 전관예우 차원에서 수주에 큰 도움을 받았다. 점점 진솔산림기술사사무소의 기반이 잡혀가고 있었다. 벌써 어느덧 10년이 되어 가고 있다.

산림조합중앙회 경북지회에서 근무한 경력으로 인하여 대구경북지역에서는 김영체 인지도는 어느 정도 알려져 있었다. 전국 무대에서는 분명 한계가 있었다. 정치적 활동도 필요했다. 전국적으로 나를 알리는 방법을 찾아야 했다.

진솔산림기술사사무소를 개업하면서 한국산림기술사협회에 가입하려고 하였으나 B기술사와의 마찰로 가입하지 않았다. 굳이 먹고 사는 데에는 대구경북 무대에서도 큰 지장이 없었다. 이제는 대구경북 지역에서 벗어나 전국 무대로 확장하여야 한다는 사명감이 다가왔다. 그 방법은 한국산림기술사협회에 가입한 후, 활동하는 것이다. 세월은 B기술사와의 기억을 점점 희미하게 만들어 갔다. 완전하게 완치된 상처는 아니나 상처의 흉터는 없어지고 있었다.

2017년도에 한국산림기술사협회에 가입신청서를 냈다. 이번에는 또 다른 C 기술사가 입회를 반대한다. '자질이 안 된다'는 이유이다. 인성이 부족하다는 말이다. 그럼 그곳에 가입한 회원들은 모두가 인성이 좋은 분들만 가입한 것인가? 가입을 반대하는 C 기술사는 산림공학(토목)분야에서 위기의식을 느끼고 있었는지 모른다. 그 이유가 가입의 반대이었을 것이다. 우여곡절 끝에 1년 후 가입신청서를 다시 내고 정식으로 가입하게 되었다. 협회에 가입은 하였으나 새내기인지라 입지는 좁은 편이다, 조만간 입지를 넓혀 전국 무대로 산림공학 발전을 위하여 본격적인 활동을 하여야 하는 과제가 주어져 있다.

매일 글쓰기와 책 출간

글을 쓴다는 것은 내가 살아 있음을 확인하는 것이다. 글을 쓰지 않은 날은 왠지 혼이 없는 삶을 사는 것과 같다. 백지에다 그냥 생각나는 대로 띄어쓰기가 틀려도 되고 오타가 있어도 상관없다. 글을 씀으로써 삶의 모순을 찾아낼 수 있다.

단지 어떤 주제에 대해서 생각만 한다고 해서 깊이와 논리성이 있다고 할 수 없다. 어떤 하나의 생각은 다른 생각과의 연속성을 가지지 않는다. 글쓰기는 흩어진 생각을 이어준다. 하나의 주제에 대해서도 이어주게 한다. 평상시 스쳐 간 순간들에서 깊이 생각하게 하여 새로운 관점으로 그간 보지 못한 세상을 보게 하는 힘이 있다.

매일 글쓰기의 습관이 될 수 있었던 원인은 바로 감사일지이다. 하루 한 줄이라도 무조건 써 왔기 매일 글쓰기에 대해서 부담감 없이 해 올 수 있었다. 감사일지를 혼자서만 보는 비밀일기식이 아니라 SNS에 공유한다. 공유는 단 한 사람의 구독자일지라도 구독자와의 약속이다. 약속은 감사일지를 빠짐없이 쓰게 만드는 강력한 도구이다.

SNS의 공유는 글 쓰는 사람들을 만나게 해주었다. 2017년 6월 이은대 작가가 운영하는 자이언트 북 컨설팅 책 쓰기 과정을 알게 되었다. 책 쓰기 과정을 수료한 후 무작정 쓴 글이 책으로 출간되었다. 2018년에 출간된 [감사가 긍정을 부른다] 책이었다.

두 번째 책 출간도 얼떨결에 나온 책이다. 평상시 내가 하는 산림분야에서 느낀 점을 써 놓은 글을 책으로 출간한 것이다. [숲에서 길을 만들고 물을 다루다] 책이 2019년에 출간되었다. 이 책의 출간을 위해 2020년도 세 번째 책의 초고를 쓰고 있다. 평상시 글쓰기 습관이 되어 있지 않으면 책 쓰기가 만만치 않다.

매일 쓰는 감사일지 이외에 2019년부터 A4 한 장 분량의 글을 쓰려고 하였다. 어떤 날은 쓰지 않았다. 어떤 날은 분량의 1/2만 채웠다. 계획대로 되지 않았으나 꾸준히 글쓰기를 해오고 있다.

생각 학교의 과제 에세이 쓰기도 할 겸 매일 글쓰기는 나를 성장하게 하는 도구가 되었다. 매일 어떠한 주제에 상관없이 글을 쓴다. 그날 별 주제가 다르나 글이 많이 모이면 주제별 꼭지를 모아서 책으로 출간할 수도 있다. 아직은 전문작가가 아니므로 베스트셀러를 기대는 하지 않는다.

글쓰기는 오직 글쓰기를 통해서 배울 수가 있다고 한 나탈리 골드버그의 말에 100% 공감한다. 글쓰기는 내 삶에 있어서 상상의 날갯짓으로 창공을 마음껏 나르기 위한 행동이다. 짧은 지식과 사고로 지금 이렇게 글을 쓰고 있는 것은 내가 가고 있는 내 삶의 방향을 제대로 가는 것인지 점검을 하기도 한다.

매일 글쓰기를 실천하여 글이 쌓인다면 주제별로 글감을 모아 한 권의 책으로 출간할 것이다. 책 한 권은 200페이지 분량, 소꼭지 40개 정도이면 한 권의 책이 된다. 매년 책 한 권씩 출간하는 것을 목표로 두고 있다. 몇 권째 출간했는가에 대한 사실보다 매일 글쓰기를 하는 행위에 더 역점을 두어야 한다. 매일 글쓰기의 결과물이 책으로 나올 것이라고 본다.

매년 한 권의 책 출간을 궁극적인 목표가 아니다. 매년 책 출간 한 권을 위해서는 매일 글쓰기가 중요하다. 오늘도 글을 쓴다. 오늘 쓰는 글의 결과는 내일 책으로 세상을 나올 수 있다는 믿음을 가지고서…

석·박사학위

1980년 2월에 국민학교를 졸업하였으며 중학교는 1983년도에, 고등학교 1986년도에 졸업했다. 남들처럼 똑같이 진학한 것이다. 고등학교 졸업이 학교공부가 전부였다. 공부의 끝이었다. 막상 고등학교 졸업 후 어디에도 취업하지도 않고 그냥 집에서 빈둥거리면서 허송세월로 지냈다. 만일, 그 당시에 집 근처 조그마한 공장에 취업하였다면 아마 난 평생 지금까지 공장에서 일하는 사람 소위 공돌이가 되어 살아오지 않았을까? 한다.

그렇게 되었다면 지적 생활이 없이 개, 돼지처럼 먹고사는 것에만 만족하고 현실에 안주하는 삶을 살려고 했을 것이다. 지적인 삶을 살려고 하는 모습은 영원히 찾아오지 않았을 것이다. 그렇다고 지금 내가 지적인 삶을 산다는 말이 아니다. 단순한 일을 하는 노동자가 지적인 삶을 살지 않는다는 이야기도 아니다. 그저 상대적으로 과거의 나와 비교하여 지적인 삶을 사는가? 에 대한 질문이다.

　운 좋게 고등학교 졸업 후, 재수 아닌 재수를 하고서 집에서 가까운 대학에 입학하게 되었다. 고등학교 동기들보다 1년 늦게 대학에 다녔지만, 지금에 와서 볼 때 1년은 그리 아까운 시간이 아니었다. 그렇다고 해서 그 시간을 낭비해서는 안 될 것이다. 잃어버린 1년을 군 복무라는 휴학 기간을 단축하면서 찾아올 수 있었다. 다시 2년이라는 시간을 낭비하게 되었다. 대학 졸업 후 2년간 공식적으로 취업은 하지 않고 논 적이 있었다. 엄연히 말해서 공무원 시험을 준비한다는 명목이었다.

　1992년 대학 4학년에 취득한 토목기사 자격증으로 비공식 취업을 한 상태였다. 출근하지 않는 재택근무라는 명목으로 매달 급여가 통장에 들어오고 있었다. 그때는 건설 경기가 호황이었다. 토목기사 자격증만 있으면 취업이 가능한 시절이었다.

　토목기사 자격증이 있으면 웬만한 대기업 말고 중견 건설회사는 취업이 쉽게 할 수 있었으나 7급 공무원이 되려고 취업 재수를 선택하였다. 공무원 시험에 대한 절실함이 없었다. 매달 급여가 나오니 먹고 사는 데 지장이 없었기 때문이다. 절실함 부족은 2년 동안의 취업 공부는 0.6점 차이로 낙방하는 결과를 가져왔다. 그렇게 2년간 공식 취업을 못 했으니 안달이 나기 시작하였다.

　하지만 神은 나를 보살펴 주셨다. 사기업이 아닌 산림조합에 취업하게 되었다. 대다수 산림조합 종사자는 임학 전공자이다. 그 속에서 내가 하는 산림토목 분야라서 아주 쉽게 업무를 시작하게 되었다. 비록 7급 공무원 시험은 떨어졌지만 나름 차선책으로 취업을 하게 된 것은 위안으로 충분히 삼을 수 있다.

왜 7급 공무원을 준비하였는가? 영어 실력은 빵점이었기 때문이다. 지금은 공무원 시험에 영어 과목이 있지만, 7급 토목직 공무원 시험에는 영어 과목이 없었기에 준비한 것이다. 부끄럽지만 지금 영어 실력은 밑바닥이다. 영어 문맹인이었다.

영어 문맹인 탈출을 위해서 발버둥을 친 적이 있었다. 10년 전에 시원스쿨 온라인 강좌도 수강했지만 얼마 못 가서 포기한다. 3년 전에는 소리영어를 수강하여 영어 문맹인에서 벗어나려 했다. 아직 포기는 하지 않았지만 매일 소리영어 듣기를 소홀히 하고 있다. 다시 이 글을 쓰면서 채찍질해 본다.

영원한 과제 영어공부, 영어의 한(恨)을 풀어 보고 싶다. 영어의 한(恨)과 더불어 한 가지 한(恨)이 더 있다. 2009학번으로 대학원 석사과정을 입학하여 2년간 다니고 수료는 하였다. 아직 논문을 쓰지 않고 있다. 그간 먹고 살기에 우선하였다. 이제 그 변명거리로 핑계를 댈 수 있다.

이제는 아니다. 핑계를 내세울 게 없다. 석사학위 논문준비를 이제는 해야 한다. 박사과정도 아니고 그냥 석사학위를 받지 못하고 있으니 참으로 부끄럽지 않은가?

책 출간을 두 권이나 한 작가인데 왜 논문을 쓰지 않고 있는가? 대학원 석사과정을 입학하게 된 계기는 내 의지가 아니었다. 산림조합에 다닐 때 선임자 ◇◇◇가 대학원에 강제로 다니게 한 것이다. 임학 비전공자인 나를 좀 더 산림 분야 지식을 습득시키고 석사 박사학위까지 취득하여 주려고 하였다. 그 당시에는 석 박사학위가 사치였다. 당장 먹고 살기 급급한 생활이 우선이었다. 지금 돌이켜 보면 배움의 기회를 얻게 해준 선임자◇◇◇에게 고마움을 전한다.

실질적인 첫 직장인 산림조합중앙회를 그만둔 이유가 있다. 선임자 ◇◇가 2005년 산림조합에서 그만두게 되면서 나를 스카우트하려고 했다. 3년간 같이 지내면서 나의 업무 능력을 어느 정도 인정한 셈이다. 막상 평생직장이라고 여겼던 직장을 그만둔다는 게 쉬운 일 아니었다. 선임자 ◇◇◇의 제안을 거절하였다. 거절하고서 '산림조합은 평생직장이다,' 라는 마음으로 초심으로 되돌아갔다. 그로부터 1년 후, 산림조합에 사직서를 던졌다. 사직서 내기 전 옆지기와 상의했다. 당연히 절대 반대였다. 노동 강도는 강하였으나 그나마 안정적인 직장이고 급여도 꼬박 받는 직장을 그만둔다는 것은 어리석은 짓이었다.

우여곡절 끝에 선임자 ◇◇◇의 개인사무소에 입사하여 정확히 2년간 다니고 그만두었다. ◇◇◇는 동료이자 선임자일 때의 모습과 개인사무소의 소장일 때의 모습은 180도 다른 모습이었다. 소장일 때는 독재자처럼 직원들을 야단치는 일이 빈번하였다. 욕설까지 퍼 붓기도 했다. 반면에 직원들의 복지는 신경을 많이 썼다. ◇◇◇가 임학을 전공하지 않는 나에게 대학원 임학과 석사과정에 입학하라고 강요하였다. 등록금도 지원해 주겠다면서 제안하니 거절할 수 없었다. ◇◇◇덕분에 대학원 석사과정을 입학하고 1년을 다니는 중에 퇴사하였다.

퇴사하고 나니 1년간 지원해준 등록금을 되돌려 달라고 한다. '에~씨 더럽고 치사하네' 욕을 하고서는 반납하였다. 2학년 과정을 마치고 휴학을 하려고 했으나 휴학을 하게 되면 나중에 다니지 않을 것 같아서 어려운 형편에도 계속 다녔다. 2년간의 석사과정을 수료하게 된 것이다.

박사학위가 있으면 대학의 일정 과목 강의를 할 수 있다. 석사학위를 가지고서는 대학 강의하기가 쉽지 않다. 기술사 자격증을 소유하고 있기에 석사학위가 있으면 대학의 시간강사로 특정 과목을 강의할 수 있을 것이다. 모교 대학 토목공학과 총동문회에서 산림토목획(산림공학) 과목을 개설하여 강의를 한번 해보고자 한 적 있었다. 석사학위가 없으니 강의할 수 없었다. 한 번쯤 산림 공학에 대하여 특강을 할 수는 있으나 전임강사로 강의할 수가 없다.

산림조합중앙회 임업인종합연수원이 경북 청송에 있다. 3~4년 전부터 이곳에 일 년에 한두 번씩 산림토목 실무교육이라는 과정에 강사로서 강의하기도 한다. 강의를 들어온 수강생들은 주로 전국에 있는 산림조합 직원들과 산림사업법인 직원이다. 강의하니 나의 존재를 알리는 계기가 된다.

앞으로 석 박사학위를 취득하면서 그간 많은 현장 경험을 접목한 연구논문을 써야 할 것이다. 기존 교재에서 내세우는 이론적인 내용보다 실제 현장실무에 사용될 수 있는 연구를 해야 할 책임 가져야 할 것이다.

영어 문맹인에서 탈출하기

가슴에 맺힌 한(恨)은 나를 움직이게 한다. 우리 부모 세대는 한글도 깨우치지 못한 문맹에 대한 한이 맺혀있다. 나 역시 대학 졸업장이 있지만, 영어를 구사하지 못한다. 그에 대한 부끄러움과 한이 맺혀있다.

1980년 2월에 국민학교를 졸업하고 곧바로 중학교에 입학한다. 로마자 알파벳을 처음 접한 것은 1980년 중학교 입학하면서이다. 중학교 입학한 지 한 달 만에 영어를 포기하고 살아왔다. 지금도 부끄럽다. 로마자 알파벳만 아는 정도의 실력이다.

지금은 고등학교까지 국가에서 교육을 공짜로 시켜주는지? 중학교까지가 공짜로 시켜주는지? 모르지만, 그 당시에는 초등학교까지가 의무교육이었다.

국민학교 때는 나머지 공부를 많이 했다. 특히 받아쓰기를 못 해서이다. 그만큼 기초공부가 안 되어 있다는 것을 말해주고 있다. 지금도 작가의 호칭을 듣고 있으나, 받아쓰기하는 경우 가끔 글자가 헷갈릴 때가 있다. 기초공부가 중요하다는 사실을 깨닫는다.

1980년 중학교 입학하자마자 에이 비이 씨이 디이 … 알파벳을 외우고 쓰기 시작하였다. 처음으로 영어를 접할 때이다. 중학교 1학년 영어 과목을 맡은 선생님은 여선생님이다. 회초리로서 강압적으로 가르쳤다. 숙제를 내주고서 다음 시간에 검사를 확인한다. 첫 번째 과제는 알파벳 순서대로 쓰기 누구나 쉽게 다 맞추었다. 다음번 시험은 I my me, you your you, he his him, she her she를 순서대로 외우는 숙제이다, 1인칭 2인칭 3인칭별로 주어 소유격 목적격을 순서대로 받아쓰기할 줄 알아야 한다.

she her she를 she her hes로 적었다. 하나가 틀렸다. 하나를 틀려도 전부 다 틀려도 똑같이 회초리를 맞았다. 무조건 다 맞추지 않으면 똑같이 10대씩 종아리에 멍이 들도록 맞은 것이다. 반 학생이 70명 중 두세 명 빼고 다 맞았다. 그때 그 시절의 선생님의 회초리는 사랑의 매였다. 감히 학부모라도 선생님의 회초리를 빼앗지 못하였다. 지금 시절에는 어림도 없다.

그날 집에 돌아와 멍이 든 종아리를 어루만지면서 '역시 영어는 어렵다.' 혼자서 중얼거렸다. '그래, 어차피 어려운 과목 빨리 포기하는 것이 편하게 살 수 있을 것이야.'

형 누나들도 영어는 쉽지 않다고 했었다. 그 이후로 영어 시간에는 아예 수업을 집중하지 않았다. 영어 공부를 거부한 것이다. 그 이후 고등학교 3학년이 되기까지 영어 수업 시간은 귀를 꼭 틀어막고 보냈다.

고3 때에는 영어 교과서 여백에 아는 단어는 무조건 뜻을 적기로 했다. 모르는 단어는 그냥 넘어가고 알고 있는 단어와 선생님이 불러주시는 뜻을 받아 적었다. 성적을 높이려고 하기보다 그저 영어 시간에 집중하기 위해서였다. 비록 영어성적이 오르지 않았으나 수업 시간은 집중하는 결과를 가져왔다.

중학교 영어 과목을 처음 접하고 한 달 정도는 열심히 공부한 적은 있었지만 결국, 포기하고 살아온 영향으로 지금, 영어단어는 물론 기본적인 회화도 할 줄 모른다. 영어 문맹인으로 살고 있다. 학생 시절에는 고등학교만 졸업하면 더 공부는 하지 않아도 되는 줄 알았다. 지긋지긋한 공부라고 여겼기 때문이다.

사회생활에서도 영어는 굳이 잘 하지 않아도 큰 어려움이 없이 보낼 수 있었다. 가끔 영어단어가 나오는 업무용 공문서를 접할 경우는 진땀이 나기도 하였다.

2009년 기술사자격을 취득하기 위해 대학도서관에서 공부 할 때, 토익 공부하는 학생들을 많이 보았다. 살아온 인생보다 남은 인생이 더 많이 남아 있으니 다시 영어공부를 해야 하겠다는 각오가 생겼다. 3년 전, 영어를 소리로 배울 수 있다는 책을 읽게 되었다. 굳이 애쓰지 않아도 영어를 터득할 수 있다는 소식에 큰 기대를 하였다. 영어도 우리나라 말처럼 자연스럽게 배울 수 있다는 원리에 동감하면서 말이야. 대신에 소리영어에 많은 시간을 노출하여야 한다. 겨우 하루 고작 10분 20분 정도 알아듣지도 못하는 소리에 무슨 말인지도 모르고 듣고 있을 뿐이다. 얼만 전부터 이제는 아예 그 소리영어도 듣지 않는다. 그럼 정말 영어정복의 꿈은 꿈으로 끝나고 내 인생을 마감할 것인가?

업무상 외근을 가게 되면 주로 혼자 운전하면서 간다. 운전하면서 소리영어를 듣기로 하였다. 가끔 듣지 않는 경우가 있다, 간절함이 부족해서이다. 소리영어를 시작한 지는 벌써 3년이 지났는데 성과가 전혀 없다. 하루에 5분 10분 정도 듣는다고 아무런 진도가 없다. 영어에 한이 맺혀있으나 매일 소리영어를 접하지 않으니 간절함이 부족하다고 할 수 있다.

누구나 실패를 한다. 실패하는 것이 문제가 되지 않는다. 실패하더라고 다시 시작할 수 있는 용기, 도전을 멈추지 않는다면 분명 인생 후반전은 승승장구할 것이다. 두렵다. 그렇게 허무한 삶. 패배자가 된 삶, 그냥 대한 민국에서 살아가면 영어를 못해도 큰 지장이 없을 것이다. 더 넓은 세상 지구로 뛰쳐나가려면 세계 공통어인 영어를 잘 하지는 못해도 기본적인 회화 정도는 해야 하지 않는가? 아직 좁은 한반도 내에서만 살고 있기에 넓은 세상을 나가려고 하지 않는다. 큰 세상에서 살기 위해서 세계 공통어 인 영어를 기본적 대화가 가능한 정도의 영어 실력이 갖추어야 할 것으로 생각한다. 포기하지 말자고 스스로 격려를 보낸다.

오십이 넘은 중년이지만 아직 살아갈 날이 많이 있기에 너무 조급해하지 말자. 그렇다고 지나친 여유를 가져도 안 될 것이다. 이제는 꾸준함만이 영어를 잘 할 수 있는 길이다.

그간 출발은 거창하였다. 결코, 매일 꾸준히 한다는 것은 쉬운 일이 아니다. 그것은 변명에 지나지 않는다. 변명은 또 다른 변명을 낳고 핑계로 이어진다. 핑계는 포기라는 결과만이 가져다줄 뿐이다.

다시 일어서 영어의 한을 풀어야 한다. 한 많은 인생, 지금 나에게는 한 (恨)은 영어이다. 남들이 하였다면 나도 할 수 있다.

오늘도 글쓰기를 하듯이 매일 영어 한마디와 매일 글쓰기, 매일 책 읽기. 매일 운동하기 4가지는 하루 30분씩 하도록 해야 한다.

세계여행

우물 안에서 보이는 하늘이 전부가 아니다. 우물 안 개구리가 우물 밖으로 나와야 넓은 세상이 있다는 사실을 알 수 있다. 우리는 세계 여러 나라를 가지 않아도 간접적으로 외국 광경을 알 수 있다. 인터넷이 발달한 지금은 SNS를 통해서 세계 여러 곳을 보고 간접체험을 한다.

외국 여행을 가려면 여권이 있어야 한다. 태어나 처음으로 여권을 2004년에 만들었다. 사회 첫 직장이었던 산림조합중앙회에서 우수직원들을 선발하여 독일 연수를 일주일간 보낸 준 적이 있었다.

꽃피는 3월에 떠난 13시간의 비행시간을 통해 넓은 지구를 체험한 것이다. 우리나라는 6·25전쟁을 겪은 후 민둥산이었던 산을 단기간에 녹화시킨 산림 강국이다. 우리나라보다 우수한 산림 강국은 일본 오스트리아 독일 등을 꼽는다. 막상 독일에 도착하여 산 지형을 살펴보니 우리나라와 다르다. 우리나라는 산지 경사가 대체로 급하다. 독일의 산지 지형은 대체로 완만하다. 남쪽에 있는 알프스 산을 제외하고 모든 산이 어머니 가슴에 안기는 모습이다.

산림조합중앙회에 입사 후 맡은 업무가 임도 설계를 주로 해왔기에 산지 경사에 따라 임도개설 공사비용이 차이가 난다. 독일의 임도 현장에 가보니 그저 차량이 지나가는 차량 폭 정도만 벌목하여도 4륜 SUV 차량은 충분히 다닐 수 있는 지형이다. 그만큼 임도 공사비용이 저렴하다는 의미이다. 중요한 임도의 종단기울기만 급하게 계획하지 않으면 무난하게 개설할 수 있는 지형이다. 임도개설에 많은 돈을 들이지 않는다. 기본적인 계곡부에 관 매설하고서는 관 유입구는 현장에 있는 돌을 이용하여 구축하였다.

독일에서의 대표적인 나무는 전나무이다. 전나무 숲속에 들어가니 나무 높이는 20m에서 30m까지 된다. 나무 가슴높이 직경도 40cm에서 80cm로 대경목으로 꽉 들어서 있는 숲이다. 그 숲에서 수확할 나무는 솎아베기한다. 모든 면적을 벌채하지 않았다. 벌목하고 난 공간에는 인위적으로 심지 않는다. 어미 나무에서 떨어진 종자에서 저절로 자란 어린나무를 가꾸게 된다. 묘목이 잘 자라도록 인간의 손으로 묘목 본수를 조절하고 있었다. 이러한 상황을 직접 눈으로 보지 않았다면 그 사실을 인지할 수 없을 것이다. 이게 여행이 주는 의미일 것이다.

2004년 독일을 다녀온 후 두 번째 나간 나라는 이웃 나라 일본이다. 일본 역시 임업기계화 실연회 참석차 다녀온 것이다. 매년 일본에서 가을철에 육수제 행사를 한다. 그해는 가까운 홋카이도에서 행사가 있었다. 부산에서 배로 다녀왔다. 일본에서의 산림견학도 새로운 경험을 한 계기가 되었다. 일본의 숲의 주 수종은 삼나무이다. 현지 산지에 가서 삼나무의 벌채 모습을 직접 목격하였다. 아직 우리나라에서는 벌채는 기계톱으로 인부가 자르고 소형 굴삭기가 진입하여 벌채목을 하나씩 모으는 작업방식이다. 완전한 기계화 임목수확 작업 방식이 아니다. 일본에서의 임목수확 방식은 기계화시스템으로 이루어지고 있었다. 일본의 산림은 임목수확 단계에 들어서 벌채할 산지가 많다고 한다. 2020년에 들어선 우리나라도 본격적인 벌채단계가 시작되었다.

이러한 단순한 지식을 그저 책에서 매스컴에서 간접적으로 알았다면 그리 오래 남아 있지 않을 것이다. 독일과 일본에 그 나라에 직접 가서 눈으로 본 체험은 영구적인 지식으로 남는 것이다.

해외여행을 업무적으로 다녀온 이후, 처음으로 가족들과 함께 간 곳은 필리핀 세부였다. 명절 연휴를 이용하여 다녀왔다. 2015년에 옆지기님이랑 아이들이 같이 처음 떠난 해외여행은 가이드도 없었다. 오로지 여행일정은 알아서 계획을 잡아야 한다. 앞에서 언급하였듯이 영어 문맹인인 나는 혼자서 해외여행을 가는 것을 엄두조차 내지 못한다. 필리핀에서 영어가 통용된다. 옆지기님도 영어회화 구사가 안되지만 나보다는 낫다. 부끄럽지만 아이들의 영어수준이 더 낫다고 할 수 있다. 숙소에서 시내를 나가기 위해 택시를 탔다. 가장인 내가 앞 좌석에 앉았지만 어디로 가자는 말을 못 하고 머뭇거리는 사이에 뒷자리에 앉은 옆지기님이 말을 꺼낸다. 아이들도 거든다. 세부에서의 가족 여행은 영어 문맹인의 비참함을 느끼게 되었다.

그 이후 경제적 여유가 생겨 가까운 일본 중국 그리고 몽골 베트남 대만 등 해외여행을 다녀왔다. 2020년에 찾아온 코로나19로 인하여 옴짝 달싹 못하고 있다. 나뿐만 아니라 많은 사람이 그렇다.

　한 여름날에 찾아간 몽골의 하늘은 소싯적에 본 하늘이었다. 매년 중국에서 날아오는 황사와 미세먼지로 맑은 공기 청정 하늘을 보기가 힘든 시대에 살고 있다. 몽골은 중국에서 날아오는 미세먼지의 영향이 없는 나라이다. 지구 자전에 따른 편서풍의 영향을 받지 않는다. 우리나라에서는 한여름날이지만 몽골에서는 초가을의 하늘처럼 맑고 쾌청하다. 몽골의 수도 울란바토르는 차량이 많고 복잡하다. 역시나 사람들이 많이 모이는 곳은 혼잡하고 차량매연과 도로정체는 어디 간들 마찬가지이다.

　기억에 남은 또 하나의 여행지가 있다. 바로 백두산이다. 한민족의 영산 백두산 천지의 광경은 기억이 선명하다. 아쉬운 점은 백두산을 중국에서는 장백산이라고 부른다. 장백산 역시 중국인들이 자랑거리로 내세우는 산이다. 용암이 언제 다시 솟아나 백두산 천지를 덮을 것인지 모르는 화산이다.

　백두산은 한반도가 경제 대국으로 가는 기운의 출발점이다. 우리 민족의 영산을 중국인들이 많이 찾는 산, 중국인들에게 더 인기 많은 산이라는 점이 혹여나 백두산보다 장백산이라는 이름을 세계적으로 더 유명하게 만들게 되는 것은 아닐까? 하는 걱정이 앞선다.

　여행은 피곤하다. 집을 떠나 잠자리도 바뀌고 매일 이동하다 보니 육체적 피로가 상당히 쌓이게 된다. 거기다가 언어소통의 문제와 음식의 입맛이 맞지 않으니 더 고생이다. 더군다나 유럽에서의 음식은 동양 음식과 완전히 딴 판이다. 특히 케첩, 카레 등 서양 음식을 잘 먹지 않는 나로서는 다른 이들보다 더 고통이다.

　여행은 우물 안 개구리에서 벗어나 새로운 문화체험을 해주게 한다. 지구상에서 가장 부유한 미국에 언젠가는 갈 날이 있을 것이다. 아이들이 초등학교 저학년 여름방학 기간에 지인의 집으로 한 달간 미국 생활체험을 보낸 적이 있었다. 비용은 약간의 무리가 있었다. 아이들이 단기간에 미국에서 배운 것이 없다고 한들 어떠냐? 그냥 아메리카 대륙에서 지구는 넓다는 사실을 깨달았다는 자체에 의미를 부여해두고 싶다.

조만간 아메리카 대륙에 다녀올 기회가 있으리라 믿는다. 그 기회가 찾아오지 않는다면 일부러라도 기회를 만들어야 할 것이다. 우물안 좁은 공간에서 넓은 세상으로 나아가기 위해서이다.

제5장
오늘, 지금 이 순간

꿈을 이루려면 돈이 필요하다

'내 꿈은 현실이 된다'는 블로그 이름에서 나의 꿈은 무엇인가? 생각한다. 꿈을 이루기 위해서 돈이 필요하다. 블로그에 사용하는 닉네임은 '참다운 부자'를 줄여서 [참부자]라고 명명하고 있다. 참부자는 돈을 많이 가진 부자만을 말하지 않는다. 돈이 넉넉하다면 좋기야 하겠지만 그것이 참부자의 충분조건은 아니다. 남을 배려하고 함께 잘사는 사회 공동체를 이루기 위해서 헌신하는 부자이다.

앞장에서 버킷리스트를 나열하였다. 그중에 하나가 빠진 것이 있다. 가장 중요한 요소이다. 바로 돈이다. 얼마 전까지도 해도 돈은 좋은 면보다 나쁜 면이 더 많아서 외면해버렸다. 외면하면서도 돈을 벌려고 발버둥을 치고 살아왔는지 모른다. 맞다. 돈에 대해서 존중을 하지 않았다. 무시했다. 돈이 많은 부자는 그저 운이 좋아서, 부모에게 물려받아서, 그렇게 믿었기에 부자를 무시해왔다. 아니다. 부자에게 질투를 느낀 것이라고 해야 맞다.

이제는 무시하지 않는다. 돈에 대해서 존중한다. 돈을 많이 벌어야 한다. 앞으로 잘살기 위해서이다. 주의할 것은 현재 부지런히 돈을 벌고 나중에 나태하고 편안한 노후를 보장하기 위함이 아니다. 건강을 지키면서 노후에도 열심히 살 것이다. 이러한 전제를 두고 돈을 많이 벌고자 한다.

버킷리스트 목록에서 돈이 없으면 이루어질 수 있는 것이 없다. 모두 다 돈이 있어야 한다는 전제가 있다. 부모님 집짓기, 진솔산림기술사사무소 신사옥, 산림 분야 전문가가 되려면 관련 서적도 구입하고 선진지 견학도 요구된다. 그 비용도 역시 돈이 필수다. 석박사학위의 등록금, 책 출간에서도 돈이 소요된다. 초보 작가의 경우 유명한 작가가 되기 전에 계약금을 요구한다. 영어 문맹을 탈출하기 위해서 동영상 강좌 듣기에도 비용이 든다. 문중 중흥은 매년 묘사 향사 때 문중 행사 비용 소요가 필수적이다. 세계여행 또한 그렇다. 버킷리스트를 이루기 위해서 돈이 전제되어야 한다는 사실에 '돈'의 귀함에 함부로 대하지 않기로 한다.

급여생활자로 살아올 때는 그저 매달 일정 금액이 통장으로 들어오니까 돈의 귀함을 모르고 살았다. 2009년도 실업자가 되었을 때 공부에 전념하던 시기에는 수입이 없으니 '돈'에 대한 아쉬움이 컸다. 그 이후 개인사업체 진솔 산림기술사사무소를 운영하면서 수입이 일정하지가 않다. 목돈이 한꺼번에 들어올 때는 엉뚱한 곳에 투자하여 손해를 본 경험도 있었다. 증권사 직원의 말을 듣고 ETF에 투자하여 원금손실을 보았다. 친구에게 빌려주어 일부 금액을 대물을 받은 적도 있다. 적은 금액이지만 충동구매로 물건을 산 적도 있다.

돈을 빌려준 친구는 대학 학과 동기였다. 토목공학과를 졸업한 동기는 급여 생활을 하다가 면허 없이 사업을 하였다. 건설 분야에서 작은 일거리들을 도맡아서 하는 일이었다. 소위 말하는 '돈내기' 사업이다. 큰 금액의 공사는 자본금이 없으면 하지 못한다. 대신에 농로 포장 등 아주 소규모의 토목공사를 낙찰된 시공사에 서류상으로 현장대리인으로 올려놓는다. 공사금액의 일정 비율을 시공회사에 이윤을 보장한 다음 나머지 금액을 가지고 자재 구매와 인부임 중기 임차료 등 부담하고 공정관리까지 도맡아 하는 일이다. 친구는 그리 썩 금전적 이익을 남기지 못하고 그럭저럭 급여생활자와 비슷한 생활을 해나가고 있었다.

2003년 태풍'매미'의 영향으로 산사태가 전국에서 발생하였다. 2004년도 봄철에 복구공사를 내가 맡은 적이 있었다. 그 현장을 친구에게 같이 하자고 부탁하였다. 현장 경험이 별로 없는 나로서는 공사 진행 과정을 어떻게 해야할 줄 몰라 조마조마하고 있던 터였다. 그러던 차에 친구가 일거리 있으면 소개해달라고 한 말이 기억이 났다. 마침 잘 되었다 싶어 그 친구와 단둘이서 '돈내기'로 태풍피해복구공사를 맡긴 것이다. 친구는 현장관리를 하는 작업반장 역할을 맡기면서 전 공정을 관리하도록 하였다. 기타 발주처와 인건비 지출서류작성은 내 몫이었다.

공사 진행에 마찰로 인하여 다툼이 빈번했다. 공사는 준공기한을 넘기지 않고 큰 탈 없이 준공하였다. 비록 공사를 잘한 현장은 아니었다. 그 친구와 약속된 금액을 지불하였다. 친구는 지금껏 어느 현장보다 큰 이윤을 보았다고 한다. 이 공사를 계기로 친구는 조금씩 공사용 작업 도구와 소형굴삭기 덤프트럭을 사면서 규모를 키워나갔다. 덩치가 커지니 건설시공 면허 구입을 위해서 자금이 필요하다고 돈을 빌려 달라고 한다. 이자는 넉넉히 쳐 준다고 하였다. 망설이다가 그리 큰 금액이 아니라 빌려주었다.

그리고는 다른 한 종목의 면허를 또 사야 한다면서 돈을 빌려달라고 요구한다. 단번에 거부했다. 그리 큰돈을 가지지도 않았지만 여기저기 긁어모으면 친구가 요구하는 금액을 만들 수는 있었다. 빌려주고 나면 사업체운영자금이 문제였다. 그 이유로 거부하였다. 친구는 목숨 한번 살려 달라고 애걸한다. 정에 약한 나이기에 그만 빌려주었다. 그전에 빌려준 금액의 2배가 되었다.

갚기로 한 시일 지나고 나서, 친구는 맡아서 하는 공사가 적자가 났다고 한다. 이를 어찌하랴. 결국은 친구 명의의 토지를 대물로 받았다. 토지 가격을 후하게 평가해주고서 받았으나 원금 자투리 금액은 여전히 받지 못한 금액으로 남아있다.

돈을 다룰 줄 모르는 사람이 돈을 갖게 되면 돈이 도망가게 된다. 돈에 대한 욕심을 버려야 한다. 돈 벌지 말라는 이야기가 아니다. 하는 일에 대해서 돈을 목적으로 하지 말라는 말이다. 주어진 일에 소명을 갖고 열심히 일하면 돈은 저절로 따라온다. 절대 돈을 앞에 두지 않아야 한다.

진솔산림기술사사무소를 운영하다 보면 경영이 어려울 때가 있다. 일감이 적은 여름철에는 그렇다. 아직 내공이 약하여 불안감이 찾아들기도 한다. 내면의 힘을 키워 돈의 노예로 살지 않을 것이다.

'부정 청탁 및 금품 등 수수의 금지에 관한 법률'이 2015년도에 시행되었다. 수의계약을 받기 위해서 '을'의 입장이 있는 사람은 어쩔 수 없이 '갑'에게 호의적으로 베풀어야 한다. 눈치도 보아야 한다. 영업도 하여야 한다. 영업은 무조건 '갑'에게 가서 부딪혀야 한다. 또한 인간관계를 잘 맺어야 한다. 사실, 내성적인 성격의 나는 공무원들에게 찾아가 아부를 하지 못 한다. 일을 수주하려 노력은 하지만 뇌물을 주면서 일거리를 받고 싶은 마음이 허락하지 않는다.

　진솔산림기술사사무소를 처음 개업한 지 얼마 지나지 않아서 모 기관 ○○○께서 개업기념으로 설계용역 한 건을 수의계약으로 줄 것으로 믿고 있었다. 그전부터 인간관계를 형성해온 터였지만 그것은 착각이었다. ○○○는 인간관계보다 먼저 눈앞에 보이는 검은 호주머니를 챙겼다. 실망하였다. 인간은 탐욕을 추구하는 악한 자라는 사실에 실망하였다.

　이지성 작가의 [리딩으로 리드하라] 책에서 고전 인문학을 많이 읽으라고 말한다. 인문학을 터득하지 않으면 부자 될 자격이 없다는 말이다. 1년 전부터 이지성 작가의 유튜브 방송을 자주 시청한다. 이지성 작가의 방송은 전부 시청하고 있다. 최근에는 경제적 자유를 주는 훼밀리 부자들의 경제관과 주식투자로 인하여 부자가 되는 방법을 알려주었다. 부자는 투기가 아니라 장기적인 관점으로 최소 10년 멀리 100년을 내다보면서 투자하라고 한다. 단기간의 투기가 아니라 멀리 볼 수 있는 안목을 가져야 한다고 강조한다. 돈과 더불어 인생 2막에 펼쳐질 꿈도 멀리 보고 가야 할 것이다.

어제의 꿈, 오늘의 꿈

1960년대에 태어났다. 유년 시설의 기억은 거의 없다. 초등학교에 입학하면서 어렴풋이 초등학교 입학식 기억과 저학년 때 공부를 못하여 매일 나머지 공부를 한 기억이 있다. 흰 고무신을 신고 등하교하였다. 그나마 흰 고무신을 신었기에 몹시 가난하지는 않았다.

부모님께서는 하루 먹고 살기에 급급하다. 6남매 자식들을 학교에 보내는 것이 사치였는지 모른다. 70년대는 모두가 가난하였다. 그저 하루 세끼 해결에 걱정하지 않는다면 그나마 잘 사는 부류에 속한다. 유년 시절은 동물처럼 그저 살아가기 위해서 의식주 해결을 우선하였다. 내일 걱정할 겨를이 없다. 유년 시절에 꿈을 꾼다는 것은 사치였다.

지금의 대구광역시는 한국에서 4번째 인구가 많은 도시이다. 2000년 전까지만 해도 서울과 부산 다음으로 인구가 많은 도시였다. 시대가 바뀌어 점점 사람들은 서울로 모여 수도권에 대한민국 인구의 반 이상이 수도권에서 살고 있다. 초등학교 6학년 때, 집 떠나 멀리 갈 기회가 있었다. 바로 수학여행이다. 기껏해야 초등학교 시절에 대구까지 가본 것이 전부였다. 그것도 1년에 고작 한 번 정도였다.

경주는 신라의 수도이다. 불국사, 안압지, 첨성대, 석굴암 등 역사적 유적지가 많은 도시이다. 신라 수도의 유적지를 탐방하는 것 이외에 학우들과 집을 떠나 객지에서 하룻밤을 잘 수 있는 추억을 만들 수 있는 여행이다. 가난한 가정형편에 배짱이 약한 나로서는 감히 수학여행을 보내 달라고 이야기를 꺼낼 수 없었다. 수학여행의 경비를 조달하려면 1주일간 부모님께서 노동의 대가를 치러야 했다. 차라리 수학여행을 가지 않는 것이 마음이 편하였다. 초등학교 수학여행은 결국에는 가지 않았다. 가난이라는 굴레에 갇힌 결과이다.

마찬가지로 초등학교 시절에도 어른이 되면 대통령이 되어 존경받는 사람이 되겠다. 아니면 의사가 되어 죽어가는 사람을 살리겠다. 군인이 되어 나라를 지키겠다는 식의 막연한 희망 사항도 가져본 적이 없었다. 얼른 어른이 되어 돈을 벌 수 있는 게 어쩌면 간절한 꿈이었다. 고등학교만 졸업하면 집에서 가까운 구미국가산업단지 아무 공장에 취업하는 것이 잠재의식 속에 자리 잡은 꿈이었다.

고등학교 3학년이 되기 전까지도 왜 학교에 다니는지? 에 대한 질문을 해 보지 않았다. 남들이 학교에 가니까 그저 학교에 다닌 것이다. 중고등학교에서 학교 공부를 왜 해야 하는지 이유도 생각하지 않았다. 학교에 다니는 목적이 없었다. 그러니 성적은 뻔하다. 농촌학교에 다녔으니 조금만 공부하면 중간 정도의 석차를 받을 수 있다. 그저 도토리 키재기였다. 운

좋게 시험에서 한두 문제를 더 맞히면 석차가 쉽게 올라간다. 상위권에 들기 위해서는 공부를 해야 하였다. 열심히 해야 상위권에 들 수 있었다.

고3 때는 학교에서 야간 자율학습을 강제적으로 시킨다. 그전까지는 책가방만 들고 왔다 갔다 하였다. 집에서 공부하는 것은 남의 일이었다. 그저 숙제 정도 해가면 끝이었다.

고3 때의 야간 자율학습 덕분에 학교 성적이 급상승하였다. 영어 수학 과목을 제외하고는 높은 성적을 받았다. 기초실력이 있어야 하는 영어 수학 성적은 쉽사리 올릴 수가 없었다. 나머지 과목들은 상위권에 들었다. 고3 성적은 220명 전교생 중에 한 자리 숫자 등수에 들기도 했다. 여러 과목 중에서도 국사 성적은 기억에 아직도 또렷하다. 유난히 국사 과목이 어려웠다. 전교생 평균 점수가 50점이 되지 않는다. 25문항이었다. 한 문제당 4점이다. 한 문항을 맞추지 못했다. 그리 어렵지 않았다. 전교에서 늘 1등을 하던 친구도 국사 과목에서는 3문항을 틀렸다. 88점이다. 난 한 문제 맞히지 못하여 96점이다. 점수 발표가 있자 반 친구들이 다들 '우~와' 하며 감탄사를 뱉는다. 가만히 있던 어깨가 들썩거린다. 고등학교 3학년 때의 노력만으로 지방 4년제 대학 입학할 정도의 성적은 되었다.

낯선 곳, 처음 가본 곳을 다녀오면 인터넷의 위성지도에서 어디로 해서 어떤 길로 이동했는지 확인을 한다. 인터넷 보급이 안 된 그 시절에는 종이지도에서 확인하는 습관이 있었다. 초등학교 다닐 때 흰 종이에다 나만의 상상으로 지도를 그린 뒤 가상의 도시와 산과 들을 그려놓고는 그 도시들을 연결하는 도로 그리기를 하곤 했다.

중학교 입학하자 처음 담임선생의 과목이 지리 과목을 담당한 여자 선생님이었다. 그 당시 아름답고 미혼이신 담임선생님의 동경으로 지리 과목에 대해서 더 열심히 공부하였다. 내가 무얼 잘하는지 무엇이 적성이 맞는지 정확히 모르고서, 단지 지리학과에 관심이 있으니까 고3 때 학력고사를 본 뒤 대학진학은 지리학과로 가려고 했다. 전국에 지리학과가 개설된 대학을 검색한 결과 서울대, 경북대, 전남대, 경희대, 건국대, 5개 학교가 있었다. (지리교육학과는 제외) 보통 지리학과는 이과 계열이 아니고 문과 계열에 속한다. 그중 경희대 건국대는 이과 계열에서 모집하고 서울대 경북대 전남대는 문과 계열에서 모집하고 있었다.

이과를 다닌 관계로 당연히 경희대와 건국대에 관심을 두고 있었다. 고3 때 친 학력고사 성적은 대학진학을 하기에 너무나 초라했다. 내신 성적이 15등급 중 3등급을 했다는 것 말고 특별히 내세울 점수가 되지 않았다. 성적뿐만 아니라 대학에 진학하지 않겠다는 핑계는 한 가지 더 있었다. 집안 경제 형편이 그리 넉넉하지 않은 관계로 감히 무슨 주제로 대학을 갈 수 있겠냐고 단정을 지었다. 대학진학은 그 당시 형편으로서 엄청난 사치였기에 생각조차 하지 않았다. 지방의 일부 대학은 갈 수 있었으나 원하는 공부도 아닌데, 공부하고 싶은 생각이 없어 그냥 포기하였다. 담임선생님에게 생떼를 부려 건국대 지리학과 원서 한 장을 들고 생전 처음, 서울로 갔다.

인생의 터닝 포인터를 맞이한 것은 2009년이다. 뜻하지 않게 잘 다니고 있던 직장을 나와 실업자 된 적이 있었다. 앞으로 무엇을 하면서 먹고 살까? 막막하였다. 이렇게 살다가는 비참한 생활로 남들 보기에 부끄러운 모습을 보여 줄 것 같았다.

'다시 과거로 돌아갈 수 없다. 지금 할 수 있는 일은 기술사 시험에 합격하는 것이다' 비장한 각오는 도서관으로 출근하였다. 기한을 정해 놓아야 했다. 가정경제를 책임질 가장으로서 무작정 언제까지 생계를 내팽개칠 수가 없었기에…

이를 계기로 산림기술사 자격증을 취득하여 진솔 산림기술사사무소를 개업했다. 주위에서 도와주는 사람이 있어 지금껏 나름대로 할 일을 하고 있어 감사하다.

이제는 꿈을 말할 수 있다. 그저 막연한 꿈이 아닌 실천 가능한 현실적인 꿈을 이야기할 수가 있다. 이은대 작가의 책 쓰기 강좌를 만났다. 조신영 작가의 생각 학교를 만났다. 이제는 내면의 힘을 키워야 한다. 버킷리스트를 이루기 위해서도 필요한 내면의 힘을 길러야 한다. 감사할 줄 알면서 하는 일에 자부심과 긍정적인 사고로 모두가 행복한 삶을 살아가는 데에 앞장서는 일이다. 공인으로서 인정을 받는 일이다.

가슴 설레는 순간을 만들어라

　학창 시절 때, 소풍 가기 전날 밤은 쉽사리 잠들지 못한다. 그 이유가 뭘까? 가슴이 설레기 때문이다. 자연에서 먹는 김밥은 그냥 집에서 먹는 맛과는 다르다. 휴일에 소풍 가듯이 나의 일터 산으로 가는 날이 가끔 있다.

　차가운 바람이 부는 2월 어느 일요일 조림산을 다녀왔다. 그리 유명한 산은 아니지만, 해발 637m 동네 뒷산보다 조금 높은 산이다. 덕림사 사찰에서 출발하여 왼쪽으로 정상부를 오른 후에 오른쪽으로 내려오는 순환코스였다. 이 산은 2010년도에 간 적이 있었다. 이번에 다시 오르니 올라간 발자국들이 희미하게 떠오른다. 10년 전에도 그랬고 이번 산행에서도 그냥 단순한 산행이 아니라 일하러 간 산행이다. 남들은 일부러 산행한다. 나에게는 일도 하고 등산도 하고 일거양득이다. 가장 행복한 직업이라고 말하고 싶다.

10년 전에는 방향이정표, 목계단 등 등산로 정비공사 설계용역을 수행하기 위해 현장 조사를 하기 위해서였다. 이번에는 10년 전에 설치한 시설물이 부족한 목계단과 갈림길에는 방향이정표를 추가하여 등산객의 길 안내도 하고, 안전사고 방지를 위한 목재 울타리를 추가하는 등 나름 부족한 시설물을 설치하기 위한 등산로 정비공사 설계용역을 맡은 것이다.

　평일은 업무상 전화가 자주 걸려온다. 휴일은 거의 업무상 전화가 걸려오지 않는다. 평일에 현장에 있을 때 전화가 걸려오면 현장 조사에 방해가 되고 일 진행이 끊어지는 경우가 있다. 그러한 이유로 주로 토요일 또는 일요일에 현장 가는 경우가 많다. 휴일에 산행도 갈 겸해⋯

　이번 산행도 오후 2시에 출발하였다. 산행은 혼자 하면 위험하다. 만일의 경우 길을 잃을 수도 있고 미끄러져 조난할 수도 있다. 현장 조사하기 위해서 위치도 알아야 하고 현장에 측점 표기도 해 놓아야 한다. 야장 기록도 해야 하므로 혼자서 불가능하다. 보통 2~4명이 조사를 하는 경우가 많다. 이번 일은 나를 포함 2명, 막내 직원을 동행시켰다. 흔쾌히 주말에 일하러 나가자고 하니 승낙을 해주니 고맙다. 난 산행 가서 좋은데 말이야. 일한다고 생각하면 왠지 힘이 든다. 일부러 일하러 가는 것이 아니라 소풍 가는 날이라고 생각을 바꾼다. 학창 시절 소풍 가는 전날의 설레는 마음으로 잠을 이루지 못한 기억이 난다. 학창 시절의 소풍 설렘이 아니지만, 억지라도 소풍 간다고 생각하니 최소한 짜증은 나지 않는다.

　날씨가 조금 차갑다. 아직 봄이 오는 소리가 들리지 않으니 여전히 겨울의 찬 기운이 몸을 움츠리게 한다. 자~ 출발 정상을 향해서. 주위에 아무도 산행을 하는 등산객을 찾아볼 수가 없다. 오늘만큼은 이 산 주인은 바로 나다. 이 얼마나 기쁜 일인가? 하루라는 시간 동안 이 산의 주인으로 정상에 오를 수 있으니…

우리는 빨리 등산하면 안 된다. 최대한 천천히 올라가야 한다. 가다가 이곳에 계단을 설치할 필요가 있는 곳에는 '몇 계단 필요로 할까?'를 조사한다. 낭떠러지와 같은 위험한 곳에는 울타리를 얼마나 설치하면 좋을지 거리를 잰다. 작년 봄에 폭설로 인하여 넘어진 피해목이 등산로를 가로막고 있다. 쓰러진 나무를 베어내야 한다. 또 우리는 넘어진 나무까지 기록하고 본수를 기록한다. 오르막 경사 급한 곳은 헐떡거리면서 오르다가 잠시 걸음을 멈추고 숨을 고른다.

능선에서는 발아래 전망이 확 트인 곳에서 잠시 기념 촬영도 한다. 아침에 눈발이 날리는 기상예보는 정상부 가까워지니 눈이 조금 쌓였다. 짧은 거리이지만 눈길을 걷는 색다른 느낌도 받았다.

드디어 엉금엉금 오르다 보니 정상이다. 정상에는 키가 큰 나무가 서 있다. 발아래 시야를 가리고 있어 조망할 수가 없다. 내려오는 길은 설악산 금강산의 비경은 아닐진대, 그에 못지않은 병풍바위가 펼쳐진다. '와~~~' 절경이라고 할 수 없지만 알려지지 않은 이 산에서 병풍바위가 있어 이 산의 가치를 높여주고 있다. 내려오는 길은 올라온 길보다 짧은 관계로 내리막 경사가 급한 구간이 많다. 반대로 올라갔으면 '뒈질 뻔 했구나?' 하는 생각이 든다. 운 좋은 산행이다.

병풍바위에서 조금 더 내려오니 미륵바위가 있다. 소원을 성취해준다고 해서 미륵바위 이름이 붙었다. '바위야 내 소원 들어줄래?' 소원도 빌어 보지만 바위는 침묵이다. 소원 들어 달라고 빌지 않아서 소원을 들어주지 않는 것이다. '그러면 어쩌지…' 스스로 해결해야 한다.

드디어 산을 한 바퀴를 돌고 다시 제자리로 돌아와 일도 하고 오랜만에 한 산행에서 볼록 나온 똥배가 조금 들어갔다. 다시 오늘 같은 산행을 하길 소망해본다.

어릴 적 소꿉장난하던 기억이 떠오른다. 지금처럼 3만 달러의 경제적 풍요를 누리는 소꿉장난이 아니다. 자동차 로봇 장난감으로 노는 소꿉장난은 어림도 없었다. 집 마당은 그냥 맨살을 드러내 놓은 채 흙이 전부다. 마당 한 모퉁이에 놓인 모래더미에서 산 모양을 만들고 강을 만들고 길을 만들었다. 소꿉장난 놀이하며 만들었던 길이 어른이 되어 길을 계획하는 직업을 갖게 되었다. 고속도로가 아닌 숲속의 오솔길이다. 임도 설계를 하는 직업을 가졌다. 고속도로는 되도록 직선화하여 속도를 높이는 길이다. 빨리 가는 것에 목적이 있다. 그에 비하여 산속의 길은 빨리 가는 것이 아니다. 그냥 산에 접근의 목적이 있다.

걸어서야 산속 어디든지 갈 수 있다. 걸어서 가는 길이 아니라 차량으로 산으로 접근하여 산림경영의 기계화를 위한 길이다. 그런 길을 임도(林道)라고 한다. 임도는 꼬불꼬불해야 한다. 단지 차량의 회전반경만 확보만 한다. 고속도로와 같이 빠른 속도를 요구하지 않는다. 천천히 가면서 산이 생긴 모양에 따라 꼬부랑길이다.

1995년 임도설계를 하기 위해서 현장에 나가 측량을 하여야 한다. 측량이라는 단어를 사용하나 정밀측량이 아니다. 그냥 약식 측량이라고 해야 한다. 어쩌면 현장조사라고 해야 할 것이다.

임도 측량을 하기 위해서 사전에 시점부와 종점부를 확인하고 주요 통과지점을 점검해 놓는다. 특히 시점부에서 종점부로 연결하는 노선일 경우 산 능선에서 가장 낮은 지점을 통과해야 유리하다. 마을 간 연결도로의 관점에서는 그렇다.

1997년이다. 경상북도의 영양군 어느 산촌, 이 마을에서 산 능선 너머의 마을까지 연결하는 임도를 측량하러 갔다. 측량 하루 전날은 지형도상에서 예정노선을 미리 긋고 머릿속에 가상의 지형을 3차원으로 입력해 놓는다. 시점부에서 출발하여 계곡을 지나고 작은 산등성이를 지날 때마다 지형도면을 확인한다. 다시 또 다른 계곡과 산등성이를 돌면 지형도를 확인하면서 예정된 노선대로 측량하는지 확인한다. 그렇다가 산 능선부의 통과할 지점(안장, 고개)에 정확하게 들어서게 되면 감개무량하다. 가슴이 두근거린다. 숲속에서는 근거리만 보일 뿐이다. 멀리 볼 수가 없다. 숲속에 갇혀서 오로지 지형도만 의존하면서 목적지까지 실수하지 않고 측량했다는 사실에 남들이 모르는 감격을 느낀다. 지금은 GPS로 산속에서도 내 위치를 알 수 있다. 2000년 이전에는 오로지 종이 지도만을 가지고 의존한 것이다.

가슴 설레는 일이란 바로 이런 것이다. 내가 좋아하는 일, 소꿉장난 놀이하듯 즐거움을 느끼면서 일을 한다는 것이 바로 행복이다. 가슴이 설레는 일은 주어진 일에서 보람과 사명감으로 최선을 다한다면 찾아오는 것이다.

함께 성장한다

아프리카 속담에 '빨리 가려면 혼자 가고 멀리 가려면 함께 가라' 는 말이 있다. 인생 후반전을 살고 있다. 전반전 인생을 사는 동안 빨리 가려고 했다. 빨리 가려고 하다 보니 시행착오가 있었다. 혼자서 욕심이었다는 사실을 인생 후반전에 들어선 지금에서 알게 되었다.

요즈음 지구온난화로 인하여 친환경 에너지에 관해 관심이 높아지고 있다. 그중에서 가장 대표적인 자동차의 연료 기름 대신에 달리는 전기차와 수소차가 있다. 전기자동차로 세계적으로 가장 기술이 앞서고 있는 회사가 테슬라이다. 테슬라의 창업주는 일론 머스크이다. 머스크는 2014년도에 전기차 특허기술을 공개하였다.

특허는 남들이 가지지 않은 고도의 기술이다. 기술개발에 따른 투자비용을 보장하기 위해서 법적으로 보장을 받기 위한 제도이다. 남들이 그 기술을 사용할 경우 일정 비율의 특허료를 받을 수 있다. 테슬라는 전기차의 특허기술을 공개하였다. 모든 자동차회사가 테슬라에서 만든 전기차 기술을 공짜로 얻은 셈이다. 전기차의 기술은 자연스레 테슬라의 전기차 기술을 사용하게끔 한 전략이었다. 후발 전기차 회사들은 비용을 절감하는 장점이 있다. 테슬라의 전기차 기술이 보급됨으로써 테슬라의 전기차가 기술우위를 점하게 된다. 다음 글은 어느 신문 기사 내용이다.

머스크는 '우리가 주목할 만한 전기차를 만드는 법을 마련한 뒤 지적재산권이라는 지뢰를 심어 타 업체를 따라오지 못하게 만든다면 원래 목적에 반하게 행동하는 것이다.'라고 했다. 이어 '선의로 우리의 기술을 이용하려는 그 누구에게도 특허권 소송을 제기하지 않을 계획'이라고 덧붙였다.

머스크는 '우리의 경쟁은 적게 생산되는 테슬라 이외의 전기차가 아니라, 휘발유 자동차가 전 세계 공장에서 매일 생산되고 있는 것'이라며 특허공개의 목적은 환경 보호에 있다는 점을 밝혔다. 한편 머스크는 민간 최초 '달 탐사 유인우주선' 프로젝트와 관련해 유인우주선 '스타십'(Starship)의 엔진 '랩터(Raptor) 엔진'을 트위터상에 공개했다. 달 여행 왕복 거리는 약 76만 4000㎞로 약 5일이 걸릴 것으로 보이며, 2023년을 첫 여행 시점으로 보고 있다.

테슬라의 창업주 머스크는 전기차의 특허기술에 대한 특허료의 단기간의 수익률을 포기하는 대신 새로운 기술개발의 선두에서 우위를 차지하려는 전략을 선택하였다. 테슬라 전기자동차가 기술의 우위를 차지하면서 동시에 인기가 높아 수익 창출도 진행 중이다.

이에 반해, 하이브리드 특허의 대부분을 가진 자동차회사는 도요타자동차이다. 하이브리드의 특허의 독점권을 다 가지고 있었다. 도요타자동차 하이브리드 특허는 타사에서 절대 사용하지 못하게 하였다. 그로 인하여 도요타자동차의 하이브리드 특허기술로 단기간 이익은 늘었으나 장기적으로는 시장을 확장하는 데에는 실패한 것이다.

도요타자동차는 특허기술로 단기간에 이익만을 추구하고 하이브리드 기술은 아무도 사용하지 않음에 따라 사장되었다. 하지만 테슬라는 특허기술을 공유하여 전기차의 보급이 늘어남에 따라 테슬라의 매출증가와 함께 전기차 기술이 발달한 것이다.

2017년 6월 이은대 작가가 운영하는 자이언트 북 컨설팅 책 쓰기 강의를 들었다. 강의를 들으면서도 설마 내가 책을 출간할 수 있을까? 하는 의문을 품었다. 강의를 들으면서 매일 책 쓰기 과정에서 시키는 글쓰기를 하였다. 하루 한 꼭지 분량을 쓰기가 쉽지 않았다. 한 꼭지 분량은 A4용지 2장 이상을 작성하여야 한다. 하루 A4용지 2장이 아니더라고 반 페이지 쓰기를 실천하려고 애를 썼다, 오프라인 강의기간 3주간이 끝나고 35일간의 온라인으로 매일 책 쓰기에 관한 메일을 보내준다. 메일을 받게 되면 책 쓰기 끈을 놓지 않게 된다. 그로 인하여 우여곡절 끝에 책이 출간할 수 있는 초고가 완성되었다.

자이언트 북 컨설팅 책 쓰기 강의를 만나지 않았다면 책 출간을 할 수 없었다. 자이언트 북 컨설팅 책 쓰기 강의 자료는 모든 수강생에게 무료로 배포하고 있다. 이은대 작가도 책 쓰기 강의에 대한 모든 자료를 공개하는 것이다. 법적으로 특허권을 가지지 않았지만 3주간의 강의 교안 자료를 수험생들에게 아무런 조건 없이 나누어 준다는 것은 테슬라 창업주 일론 머스크와 같은 맥락이다.

올해 초, 자이언트 북 컨설팅 책 쓰기 강의가 버전 3.0으로 업그레이드 되었다. 자이언트 컨설팅 강의를 받은 수강생인 어느 작가가 자신의 이름으로 책을 출간한 후, 동의도 받지 않고서 자이언트 북 컨설팅 책 쓰기 버전 2.0 교안을 가지고 수강생을 모집하여 책 쓰기 강의를 하였다. 법적으로 문제가 없다. 무료로 받은 강의 자료를 그대로 다른 수강생에게 강의 자료로 사용하는 것은 도의상 문제가 있다. 법적인 문제가 없었기에 법적 대응을 하지 않은 이은대 작가는 대신에 책 쓰기 강의 자료를 업그레이드 시킨 것이다. 여전히 업그레이드된 자료는 수강생 모두에게 무료로 나누어 준다. 이은대 작가는 끊임없이 업그레이드시키려고 노력한다. 자신이 가진 자료를 공유하고 본인은 더 나은 자료로 만들어 나아가는 것이다.

사회생활을 처음 접한 산림조합중앙회에서 산림토목설계업무를 해왔다. 산림사업의 설계업무가 초장기라서 제대로 시스템이 갖추어 있지 않은 상태이다. 현장 조사와 측량 후에는 구간별로 시설물을 계획하고 세부 공종별로 수량을 산출한다. 이전까지 사방댐의 수량 산출서가 올바르게 작성된 산출서가 없었다. 기존에 선임자가 만들어 놓은 수량 산출서를 참조하여 새로 만든 적이 있었다. 거의 모방 수준이었다. 새로운 수식을 만들고 댐의 길이 높이 기울기 등 각각의 수치를 입력하면 각 공종별 레미콘, 거푸집, 철근 등 세부적인 자재와 공정별 수량이 집계되도록 만들어 놓았다. 오로지 나 혼자만의 노력이 들어갔다. 선임자 자료를 모방하여 더 업그레이드시킨 것이다. 혼자서 만든 노력에 자부심을 가지고 남들과 공유를 하지 않았다. 생각이 짧았다. 남들과 공유를 하지 않으니 혼자만 설계서에 작성한다. 다른 동료들은 다른 양식의 수량산출서를 사용하고 있었다. 아무리 편리하고 업그레이드된 자료일지라도 남들이 사용하지 않으면 소용이 없다. 많은 사람이 사용해야 그 진가가 빛이 나는 것이다.

현재 상태에서 만족하고 머물러 있으면 발전이 없다. 미래 발전적 자세는 지금 가진 지식을 나누어 주고서 또 다른 지식습득과 연구를 계속하는 것이다.

2015년 10월부터 감사일지를 써왔다. 지금껏 써오면서 어려운 점도 있었다. 어려운 점은 바로 매일 쓰는 것이다. 이제는 완전한 습관화가 되어 하루 한 줄이라도 쓰는 데 전혀 어려움이 없다. 초기에는 마음이 들떠 있어 흥미가 있었다. 시일이 지나면서 주변에서 관심이 떨어진다. 주변에서 관심이 떨어지면 힘이 빠진다. 초기에 함께 감사일지를 공유해 온 분들이 지금은 쓰지 않는다. 공유하지 않는다. 매일 꾸준히 하는 것이라 절대 쉽지 않다는 뜻이다.

완전한 습관을 자리 잡기 위해서는 함께 하는 사람이 있어야 한다. 감사일지 쓰기를 게을리하고, SNS에 공유하지 않은 동지에게 문자를 보낸 적이 있었다. 격려 문자를 보내면서 응원을 보낸 적도 있었다. 처음처럼 그 열정은 아니지만, 이제는 꾸준히 할 수 있는 습관의 힘이 생겼다.

지금껏 감사일지를 1500일 이상 쓸 수 있었던 것은 SNS에서 같이 해온 감사 동지들이 있었기에 가능한 것이다. '빨리 가기보다 멀리 오랫동안 함께 가고 싶다'

우리는 평생 지금만 산다

'내일은 더 잘 할 수 있을 것이다'라고 착각을 종종 하였다. 그저 막연한 희망은 막연한 결과만 가져온다는 사실을 한참 후에 알게 되었다. 오늘 아무것도 하지 않으면서 내일 먹을 양식을 누군가 가져다줄 것이라는 희망은 그저 막연할 뿐이다. 로또복권을 사놓고 수십억 원에 당첨될 수 있다는 믿음은 확률 0%와 같다. 확률 zero인 복권 당첨 희망은 어리석은 생각이다. 어리석은 생각은 방탕한 생활을 보내게 할 것이다. 막연한 미래의 기대를 버리고 주어진 현실을 바라볼 수 있어야 한다.

'오십'이라는 인생의 중년이라는 시점을 지났다. 10년 전까지만 해도 [사십]이 인생의 중년이라고 생각하였다. 인공지능의 시대가 도래되고 인간수명의 연장이 되어 기본적으로 100세까지 무탈하게 살 수 있다고 본다.

내가 태어난 해에 할아버지께서 돌아가셨다. 그해 동짓달에 태어나 내가 첫 번째 맞이한 계절은 겨울이었다. 할아버지께서는 그 겨울이 오기 전, 여름에 돌아가셨다. 구한말시대에 출생하셔서 손자인 내가 태어나는 해에 돌아가신 것이다. 다행히 60년 환갑은 맞이하셨다. 암이 발병하여 초기증상이었다고 하신다. 현대의학으로는 암 초기증상일 경우 치료가 가능하다. 말기 암 환자에게도 음식을 조절하고 명상과 긍정적인 사고를 지닌다면 생명의 유지는 지장이 없다. 암 덩어리를 몸속에서 함께 살아간다고 생각을 가지면 되지 않을까?

오십이라는 세월, 살아온 인생을 돌아보니 그렇게 잘 살아온 것도 아니다. 그렇다고 못 살아온 것도 아니다. 남을 의식하다 보니 남들에게 보여주기식, 허울뿐인 삶을 살아왔다. 그냥 평범하게 그냥 단조롭게 그냥 무식하게 그냥 그럭저럭 특별히 내세울 게 없다. 어떨 때는 나를 비판하기도 한다. 스스로 응원하기도 한다. 혼자만의 시간 속에 갇혀 있을 때는 희망보다 부정적 암울한 면을 먼저 보게 된다. 아마 지금도 긍정적 미래보다 부정적 미래가 더 크게 작용하고 있다고 본다.

잘못된 습관이나 단점을 고친다면 더 나은 모습으로 변하게 될 것이다. 잘못된 점, 우선 일과부터 되짚어보자. 아침 6시경에 잠에서 깨는 경우가 많다. 그리고 다시 이부자리에서 재취침하는 경우가 많다. 벌떡 일어나 대변을 보고 세수를 하고 책을 읽든지 글쓰기를 하든지 뭐라도 해야 한다.

사무실에 도착하는 시간은 8시 전이다. 본격적인 업무를 시작되는 9시까지 어영부영하는 경우가 많다. 특히 스마트폰으로 블로그, 카스, 페북, 유튜브 등 SNS에 집중한다. 아침 시간을 소홀하게 보낸다. 이것을 고친다면 분명 업무에 급격한 성과가 이루어질 것이다.

업무시간에는 메모하는 습관이 아직 완벽하지 않다. 전화상으로 전화를 받게 되면 할 일을 기억해야 한다. 메모하지 않는 경우 가끔 일을 놓치는 경우가 있다.

출장 외근 중에 운전할 때 소리 영어를 들어야 하는데 간절하지 않아서 안 듣는 경우가 많다. 소리 영어를 시작한 지 벌써 3년이 지났는데 아무런 성과가 없다. 하루에 5분 10분 정도 듣는다고 아무런 진도가 없다. 영어의 한이 맺혀있다고 하나 소리 영어를 접하지 않으니 간절함이 부족하다고 할 수 있다.

무엇보다 중요한 것은 운동 부족이다. 체력이 너무 약해졌다. 똥배가 너무 많이 나와 버렸다. 3년 전부터 매일 주 3~4회 하던 운동을 그만둔 후, 다시 시작하지 않고 있다. 게으른 탓이다. 생각 학교 과제도 매일 하지 않는다. 조금씩이라도 매일 꾸준히 하는 게 중요하다. 그나마 매일 감사일지 쓰기를 하고 있으니 다행이다.

지금보다 더 나은 삶을 위해서는 영어 회화를 할 수 있어야 한다. 매사에 진심으로 감사하고 긍정에너지를 나에게 끌어당기게 하여야 할 것이다.

누구나 실패를 한다. 실패하는 것이 문제가 되지 않는다. 실패하더라고 다시 시작할 수 있는 도전을 그만두지 않는다면 분명 인생 후반전은 승승장구할 것이다.

인공지능 시대가 도래하였다. 앞으로 인간 세상사 어떻게 삶의 방향이 변할지 모른다. 이지성 작가의 '에이트'에서 공감 능력과 창조적 상상력을 갖추라고 강조한다. 그 지혜를 갖추어야 만이 AI 시대에서 살아남을 수 있다. 물론 동물적인 삶을 살아가겠지만 어떻게 질적인 삶을 사는가?의 문제이다.

그럼 지금 질이 높은 삶을 사는가? 물음에 무엇이라고 답할 것인가? 결코, quality 높은 삶이라고 답을 할 수 없다.

시대는 변한다. 다윈이 말했다. 힘이 센 종이 살아남는 것이 아니라 변화에 적응하는 종이 살아남는다고 했다. 시대는 변하고 있는데 변화의 흐름에 대처하지 못하고 있음에 위기감을 느끼고 있다.

10년 전 살아남기 위해서 몸부림친 적이 있었다. 그 결과에 만족하면서 그 이후 10년을 살아오고 있다. 그 10년간 안주하는 동안 세월은 흘렀다. 세상은 변했다. 조금씩 변해가고 있었다. 기존에 해 온 습성을 벗어나 새로운 삶을 살아야 한다. 그 습성을 벗어나지 못한다면 나는 다시 추락할 것이다. 그 추락의 끝은 저 밑바닥 구덩이에 빠져 헤쳐 나오지 못할 수도 있다. 아직은 늦지 않았다. 그렇다고 더 머뭇거릴 여유가 없다. 그나마 매일 글쓰기를 통해서 나를 만나고 나를 돌아보고 나의 위치를 점검할 수 있어 다행이다. 겉만 요란한 작가, 기술사, 대표, 타이틀이 뭐 그리 중요한가? 내면의 힘을 가져야 할 것이다.

변화하기 위해서 가장 필요한 것은 바로 독서이다. 독서 습관 갖추지 못하니 주어진 하루가 허둥지둥거릴 뿐이다. 업무가 바쁠지라도 매일 책 한 페이지라도 읽자. 독서 습관 길러야 하는 과제가 가장 시급한 제1순위이다.

글을 쓰는 행위가 없이 책 출간이 되지 않는다. 대부분 사람은 욕심이 과하다. 지금 쓰고 있는 고통과 시간의 투자는 없이 오로지 출간의 기쁨을 먼저 누리려고 한다. 한 권의 책이 되기 위해서 A4용지 100장 분량의 원고가 있어야 한다. 100장의 글자를 채워야 한다. 일단 글자 단어 문장들을 채우는 작업이 우선이다. 그 분량을 채운 후에 다시 단어와 문장을 바꾸고 글자는 추가하고 삭제하면서 퇴고하는 과정을 거친다. 한 권의 책이 출간되기 위해서도 단번에 분량을 채우는 글쓰기로만 결과물이 도출되지 않는다. 2019년부터 매일 글쓰기가 매번 성공하지는 않았지만 새로운 습관 하나 들이게 되었으니 나름 스스로 위안을 찾는다.

어느 블로그에서 읽은 포스팅을 되짚어본다. 서울역이 종착지가 아님을 명심해야 할 것이다. 서울에 볼일 보러 가기 위해서 KTX 열차를 타고 서울역에 도착하여 플랫폼에 내리면 그날의 목적의 끝이 아니다. 단지 서울역은 서울에 볼일 보러 가기 위한 이동 수단의 종점이다. 하루의 종점이 아니다.

중요한 것은 매일 하는 것이다. 쉬지 말고 꾸준히 하는 것이다. 하루에 한꺼번에 며칠간 할 것을 많이 해 놓고 쉬는 것보다 하루에 매일 반복적으로 꾸준히 쉬지 않고 하는 것이 습관 형성에 무엇보다 중요하다.

다시 출발점에 섰다고 생각하자. 남들은 운동장 한 바퀴를 돌았고 두 바퀴째 돌고 있는 시점에 있다. 난 출발선에서 서 있는 것이다. 앞으로 살아갈 날이 살아온 날보다 많지 않을 것이다. 그래도 남은 내 인생의 하루하루가 그 어떤 누구 인생보다도 소중하니까 더 열심히 살아야 할 것이다.

나를 움직이게 만드는 힘, 꿈

동네 인근 낮은 산이 아닌 해발고가 높은 산을 등산하기 위해 배낭에 물, 김밥 등 간단하게 먹을 것을 짊어지고 가는 경우가 많다. 등산 첫발을 내딛는 순간은 에너지가 솟는다. 점점 오르다 보면 숨이 차고 체력이 소진된다. 오르다 보면 휴식도 한다. 힘들면 짜증나기도 한다. 정상에 오른 후 발아래 보이는 풍경을 보며 호연지기를 느낄 수 있다. 산 정상에서 그 잠깐의 시간이나마…

정상을 오르면 호연지기를 느낀다. 정상에서 단 5분 정도 짧은 시간 동안 호연지기를 체험하려고 산행을 하지만 다른 사람들은 건강 때문에 산행하기도 한다. 또 다른 많은 사람이 숲이 주는 힐링을 느끼려고 산행을 한다. 아니면 여유로운 시간을 보내는 한 방법으로 산행을 하기도 한다.

무슨 이유로 산행을 하든지 간에 잠시 멈춘다. 나무가 주는 그늘에서 새

소리도 들어본다. 흘린 땀방울도 닦으며 지금 나의 모습을 들여다볼 여유를 가질 수 있다. 산은 나의 일터이다. 살아가는 의미를 알려주고 있는 고마운 존재이다.

산은 내가 하는 일의 보물창고이다. 보물창고에서 보물을 찾는 행위를 노동이라고 한다면 즐거움은 없고 힘든 노동만이 있을 뿐이다. 노동은 고통이 따른다. 꿈을 이루기 위한 노력도 고통이 따른다. 고통을 받아들여야 한다. 가슴 뛰는 꿈을 이루기 위한 고통은 쉽게 이겨낼 수 있다. 꿈을 이루기 위해서는 간절함이 있어야 한다. 간절함의 크기가 꿈을 이룰 수 있는 원동력이 된다.

10년 후, 그때까지 잘 살 수 있을까? 한편으로 걱정이 된다. 최소한 지금의 상태보다 더 성장해 있어야 한다. 경제적 물질적 풍요가 아니라 내면의 힘을 가진 성장을 해야 한다.

지금, 내가 하는 일은 호황기가 지나갔다. 산림 분야 영역은 2000년 이전에는 보잘것없었다. 2000년대 들어서면서 산림 분야 영역의 범위가 확대되어 일거리가 늘어났다. 그러다 보니 자연히 운이 찾아온 것이다. 그간 우여곡절의 시간을 거쳐 나름대로 산림 분야에서 자리매김할 수도 있었으나 지역적 한계를 극복하지 못하고 있다. 내 이름이 전국적으로 알려지지 않았다. 늘 부족한 실력으로도 그간 산림 분야에서 통용되었지만 이제는 지식의 한계에 도달해 왔음을 감지해본다. 그러면 어떻게 할 것인가? 매일 글쓰기를 통하여 사고의 범위를 확대하고 지식을 정립해야 한다. 글쓰기는 나에게 성장할 수 있는 무기가 될 것이다. 혼자서 나를 통제하기에 힘이 든다. 그래서 여러분의 도움이 필요하다. 내가 못하면 꾸짖어 주는 당신의 용기와 격려를 미리 부탁해본다.

산림 분야의 르네상스 시대는 지나가고 있다. 그간 포화가 된 산림 분야 종사자의 구조조정이 필요할 것이다. 살아남을지 의문이 든다. 앞으로 5년간은 도태되지 않을 것이지만 그렇다고 안주한다면 점점 입지는 좁혀질 것이다. 지금이 중요한 시점이다. 도태될 것인가? 성장할 것인가? 그 선택은 스스로가 해야 한다. 성장을 위해서 공부해야 한다. 많은 문제점에 대해서 분석하고 그에 대해 통찰을 해 나가면서 기록을 해야 한다. 최근 들어 게을리 한 '주춧돌을 바로 놓자' 코너에 글쓰기를 다시 해야 할 것이다.

글쓰기를 게을리하지 않는다면 하고픈 이야기의 전개를 논리적으로 할 실력이 늘어갈 것으로 판단한다. 고로 글쓰기는 성장을 위한 양보할 수 없는 마지막 몸부림임을 명심해야 한다.

SNS에서 유명 작가의 글을 읽고 나면 저렇게 글을 잘 쓸 수 있었으면 원한다. 가끔 글을 쓰고 싶어서 막상 펜을 들고 글을 쓰지만, 글이 매끄럽지가 않아 이내 포기할 때가 많았다. 감성이 살아 있을 때는 글이 무난하게 쓸 수 있다. 긴 문장의 글을 쓰기가 쉽지 않다. 그 이유는 독서량이 말할 수 없을 정도로 아주 형편없기 때문일 것이다. 전문작가의 글처럼 매끄럽고 명쾌한 글을 쓸 수 없다고 할지라도 지금 이 글을 쓰려고 도전하는 것 그 자체가 대단한 것이 아닌가?

아무것도 하지 않으면 아무 일이 일어나지 않는다. 비록 형편없는 글이지만 '쓰면 이루어진다.' 말에 강한 믿음을 갖고 내 꿈을 이루기 위해서 글을 쓰고 있다.

지금껏 가끔 써 놓은 시를 읽어본다. 한편으로는 우스운 시도 있다. 다른 한편으로는 언제 저런 시를 쓰지? 하면 호감이 가는 시도 있다. 문학가가 아닌 나로서는 정확한 판단을 내릴 수는 없지만…

글을 씀으로써 얻어지는 마음의 평안과 행복은 과거를 되돌아보는 도구가 되어 아름다운 삶을 살 수 있도록 인도해주는 글쓰기임을 확인할 수 있다. 매일 조금이라도 쓰는 습관을 길러야겠다. 어떠한 주제도 상관없이 그냥 그날에 생각나는 주제 있었던 일에 대하여 기록하면 될 것이다. 내 꿈이 이루어지는 날을 기대한다.

'산림기술진흥 및 관리법률'이 시행됨에 따라 산림기술자들은 일정 기간에 교육을 받아야 자격을 유지할 수 있다. 산림기술교육기관이 생겨 앞으로 산림교육이 지속해서 이루어질 것이다. 그 교육기관에서 산림 공학 분야의 강사로서 나서고 싶다. 지난달에 발간한 [숲길물]의 책은 양적인 면에서 많이 부족하다. 부족한 양을 채우기 위해서 [숲길물] 2편을 발간하려고 한다. 산림 공학 분야에서 현장에서 누구나 쉽게 접목할 수 있는 교재로서 실용서적이 되길 바라는 마음이다.

앞으로 5~6년까지는 현재 운영하는 사업체에서 경제적 활동에 치중하고 그 이후는 경제적인 면보다 질적인 성장 연구를 통하여 산림 공학의 논문저술 등에 치중하고 싶다. 인생은 항상 내가 원하는 대로 100% 되지는 않는다. 꿈꾸면 현실이 되도록 노력하다 보면 50% 정도는 원하는 방향으로 이루어질 것으로 확신한다.

막연한 꿈은 막연한 결과를 낳는다. 내가 원하는 꿈이 이루어지도록 간절함의 크기를 최대한으로 크게 하여야 할 것이다. 간절함의 크기가 내 꿈이 현실로 이루어지는데 가장 큰 결정적 요소이다.

60세가 넘어서면 그간 산림 공학 분야에서 경험한 지식을 후배 산림종사자들에게 강의하는 강사로서 산림 공학 분야를 이끌어 나갈 꿈을 꾼다.

지금, 바로 시작하는 것이다

우리는 자신이 걸어온 길은 잘 알지만 내가 어디를 향해 걸어가고 있는지는 잘 알지 못할 때가 많다. 살아가면서 우리는 오래된 지식을 새것으로 바꾸기도 하고 지금까지 몰랐던 감정과도 자주 마주하게 됩니다. '언젠가는 나중에 꼭 해야 하겠지'하고 생각했던 것들을 실천해야 할 때가 어느 날 갑자기 찾아온답니다.

늘 말하던 '나중에'가 사실은 '지금'이 되는 것입니다. 지금 하지 않으면 이제는 너무 늦어진답니다. 우리 모두 너무 늦어 완전히 주저앉기 전에 한 번 더 자신을 뒤돌아보는 귀중한 시간 되시고 언제나 후회 없는 삶을 위해 최선을 다하는 즐겁고 행복한 시간이 되시길 빕니다.

위의 글은 어느 블로그에서 퍼온 글이다. 그냥 작자 미상의 글이다. 아니다 작자는 널리 알려진 사람이 아니라서 모르고 있을 뿐이다. 교훈을 주는 글이다. 나쁜 습관이 하나가 있다. 당장 해야 할 일이 아니면 미루는 버릇이 있다. 미루고 미룬 일들이 마감 시간에 모이다 보면 급히 서두르게 된다. 서두르면 실수가 발생할 확률이 높다. 깔끔하게 일을 정리하지 못한다. 화장실에서 똥 누고서 화장지로 닦지 않는 기분이다.

오늘도 우리는 어디로 가는지 방향을 잡지 못하고 방황하는 경우가 많다. 그저 주어진 일과를 처리하느라 어디로 가는지 모르고 있을 뿐이다. 유년시절부터 왜 사는지조차 질문을 하지 않고 살아왔다. 중년에 들어선 인생 2막, 인생 후반전을 시작하면서 새로운 꿈을 꾼다. 새롭게 꿈을 꾸는 세상은 그 과정이 결코 평탄한 길이 아님을 알게 된다. 인생은 롤로코스트이다. 주어진 환경에 따라 기분이 UP, DOWN 되기도 한다. 어떤 날은 하는 일이 잘 풀리면 기분이 좋다. 세상이 다 내 것이 된 기분이다. 어떤 날은 뜻대로 되지 않거나 갑자기 엉뚱한 일들이 다가올 때 우울해지기도 한다. 그러한 감정에 휩싸이지 않고 중립적인 생각을 지닐 수 있는 마음이 바로 내면의 힘이다.

시급히 버려야 할 것 중의 하나가 미루는 습관이다. 마감 시간이 다가와서야 일을 한다. 오늘도 오전에는 주어진 일을 미루다가 끝내 다하지 못했다. 때마침 전화가 왔다. 산주가 요구하는 게 있다면서 어떻게 하면 좋을지 묻는다. 현장에 가볼 테니 산주와 연락처를 달라 요구한다. 민원을 제기한 산주랑 통화 후 오후에 나의 일터로 나갔다. 답답한 실내에서 세상의 넓은 하늘을 볼 수 있어 좋다. 봄의 소리가 들려오지만 겨우 잠에서 깨어난 나무는 기지개를 켜고 있기만 하고 아직은 파란 잎을 내밀지 않고 있다.

나는 거꾸로 사는 것 같다. 내 삶을 지배하지 못하고 주어진 생활에서 나를 구속하고 있다. 구속하는 이유는 미루는 습관 때문이다. 시간의 억압에서 벗어나기 위해서 미루지 말자. 지금 당장 하자. 하나씩 차근차근 서두르지 말고 하자. 너무 여유를 부려서도 아니 된다. 어차피 하는 일 재미나게 신나게 하자.

오래 살려면 건강해야 한다. 최근 3~4년간 날마다 하던 운동을 하지 않는다. 게을러진 것이다. 그전까지만 해도 주4일 이상은 매일 30~40분 이상 운동을 꾸준히 하였다. 그럼 언제부터 하지 않았는가? 내가 하는 일이 연말에 몰린다. 바쁘다는 이유로 운동을 하지 않았다. 매일 야근하다 보니 아침에 늦게 일어나게 되고 늦게 일어나니 운동할 시간을 놓치고 곧바로 출근하기 바쁘게 살았다. 그럼 바쁜 시기인 연말까지는 운동을 잠시 중단하고서는 새해가 되는 첫날에 다시 시작하자고 다짐했다. 한 번 게을러진 생각은 제자리로 돌리기에 작심에 또 다른 결심 각오가 필요했다. 재개하고자 운동을 조금 더 미루기 시작하더니 지금은 아~예 포기 상태에 접어들었다. 운동하지 않다 보니 똥배는 점점 나오게 된다. 볼록한 배에다 근육은 쪼그라들고 있다. 근육이 없다. 체지방율과 고지혈 수치도 높다. 심각한 줄 알면서도 당장 목숨을 앗아가는 것이 아니다 보니 또 미루는 습관이 자연스레 발동한 것이다.

운동하지 않으니 숨이 차다. 그전보다 오르막길을 조금만 올라도 헐떡거린다. 남들은 산에서 일하는 직업이라고 부러워한다. 산에서 일하니 당연히 건강하다고 생각한다. 실상은 그렇지 못하다. 단순한 예상과는 달리 실전은 영~ 딴판이다.

다시 시작하지 않은 그 이유가 미루는 습관이라고 했다. 지금 나에게 꼭 필요한 것은 미루는 습관에서 벗어나는 것이 가장 시급한 일이다. 후반전 인생 성공을 위한 길로 접어들기 위해서는 미루지 말자. 당장 하자. 실천하자. 미루면 실패한 인생이 된다는 것을 명심해야 할 것이다.

　미루는 버릇을 고쳐야 하는 것도 있지만 그리고 한 가지 더 시급한 게 있다. 서로 간의 불편한 마음을 풀어야 한다. 그 답을 찾으려고 어제 몇몇 분에게 조언을 들었다. '무조건 내가 잘못했다'라고 말한다. 먼저 다가가서 용서를 빌어라. 안 받아 주면 그다음 날에 또다시 가서 용서를 빌어라. 용서를 받아 줄 때까지 용서를 빌어라. 어쩌면 자존심을 굽히고 굳어진 선입관을 버려야 한다. 시간이 흐른다고 저절로 해결되지 않는다.

나가는 글

소박한 삶을 찾아서

　전반전 인생을 마무리하고 후반전에 들어선 지금, 전반전 인생이 짧은 세월이기도 하나 어쩌면 긴 세월이라는 생각도 든다. 오십이 넘어선 중년에 들어서는 시점, 조용필의 「꿈」노래 가사처럼 머나먼 길을 찾아 여기까지 왔는데 지금 서 있는 곳이 숲속인지 늪인지 모르고 있다. 어릴 적 살아온 고향은 논밭이 있고 그 주위가 산으로 둘러싸인 시골이었다. 시골에서의 삶은 막연히 화려한 도시의 삶을 부러워했다. 도시의 화려한 불빛은 문명발달이 주는 편리함만이 있는 줄 알았다. 막상 학창 시절을 보내고 마주한 도시의 삶은 화려함보다 뒷골목의 어둠이 더 많았다. 도시의 한복판 대구광역시 동성로에 붐비는 사람은 누구인지 모르는 사람들만이 거리를 채우고 있었다.

　현재, 나에게 주어진 학창 시절은 대학교 졸업까지이다. 대학 졸업 후 2

년간 취업준비생으로 보냈다. 그 취업준비생을 하는 동안 몇 달간은 작은 누나 집에 거주를 잠시 한 적이 있었다. 작은누나 집은 대구에 서민들이 사는 동네였다. 도시는 시골 사람들보다 부자들만이 사는 곳인 줄 알았으나 시골 사람들 보다 도시의 빈민촌에서 살아가는 빈곤층들이 어쩌면 더 많았다.

작은누나 집도 서민들이 사는 대구의 어느 동네였다. 대구는 서울이나 부산처럼 언덕이 없다. 언덕이 없으니 달동네라는 곳이 없다. 시내버스 정거장에서 내려 오르막을 오르는 동네가 아니었다. 시끌벅적한 조그마한 시장 옆 골목길에 작은누나 집이 있었다. 보증금 얼마에다 월세로 사는 남의 집이었다. 시내버스 정거장에서 내려서 걸어서 그리 멀지 않았다. 대도시에서도 배고픈 사람들이 겨우 하루하루를 살아가는 서민들이 사는 동네였다.

최근 들어서는 텔레비전을 거의 시청하지 않는다. 아니다. 가끔 [나는 자연인이다] 프로그램을 시청한다. 어쩌면 나의 노후 삶도 그렇게 하고 싶은 게 아닌가? 무의식에서 갈망하고 있는지 모른다. TV에 나오는 자연인은 젊었을 때 고생을 하거나 사업실패자의 모습을 보여준다. 자연인의 삶을 선택한 이유를 말하고 있다. 자연과 벗 삼아 욕심을 버리고 그저 소박한 삶, 건강한 육체를 바라고 있다.

TV 방송이니까 약간의 연출하는 묘미도 있을 것이다. 자연생활이 주는 장점만을 부각하여 방송할 수 있다. 자연 속에서의 불편함은 생각지도 못한 것들이 많을 것이다. 당장 더운물 사용하는 것, 화장실 문제, 먹거리 조달 등이 있을 수 있다. 무엇보다 가장 큰 고통은 혼자서 적적한 생활을 하면 온종일 보내는 날이 많을 것이다.

그나마 자연 속에서의 큰 선물이 무엇일까? 현대생활에서의 겪는 스트레스의 치유가 아니겠는가? TV에서 그려지는 [나는 자연인이다]처럼은 아니지만, 귀산촌하여 노후생활을 하고픈 마음이 간절하다. 옆지기님은 전혀 그런 생각이 없다. 도시가 주는 편리함도 있지만, 산촌이 주는 여유를 즐기고 싶다.

중년이 들어선 지금 내 몸에 이상이 생겼다. 고지혈증세가 있어서인가? 체력이 한없이 약해졌다. 건강이 최우선임을 알고 있으면서 또 주어진 현실 앞에서 돈의 욕심을 부리고 있는 자신이 미울 뿐이다. [나는 자연인이다] 방송에서 한 말이 있다. 돈은 다시 벌 수 있다. 건강은 잃으면 모든 게 잃는 것이다. 라는 평범한 진리를 간절하지 않을까?

주위에 둘러싸인 산이 있는 사신사(四神砂)가 있고 혈(穴)이 있는 땅을 찾아 그 위에다 작은 집을 짓고 살고 싶다. 방은 구들장으로 놓은 장작불로 데운 방이 있으면 좋을 것 같다. 도시에 조금 벗어나 산이 가까이 있고 자동차로 가까운 거리에 식료품을 파는 매장이 있고 약국도 있고 병원도 있는 그런 곳, 그곳이면 딱 좋겠다는 생각을 자주 한다. 대도시를 떠나 여유가 있는 그곳이 그리워진다.

본문 4장에서 버킷리스트에 목록은 귀산촌에 대한 이야기는 언급하지 않았다. 버킷리스트를 이루는 것도 후반전 삶에서 중요한 요소이다. 성공하는 삶보다 가치 있는 삶을 위해서이다. 돈도 벌고 산림 분야 전문가 되고 지구의 여러 나라를 누비며 많은 체험하는 꿈보다 어쩌면 더 소중한 꿈이 있다.

앞으로 10년 후, 욕심을 버리고 소박한 삶을 살아가는 모습, 돈이 전부가 아닌 하루 세끼 먹고 입을 것만 있을 정도의 돈만 있으면 되는 세상, 화려한 불빛이 있는 도시를 떠나 조그마한 집 한 채에서, 숲이 주는 혜택을 누리며, 고전 인문학을 읽으며 내면의 힘을 가진 사람, 자연과 더불어 살아가는 것이 그것이 진정한 내 꿈일지 모른다.

진정, 이루고 싶은 그 꿈을 실천하기 위해서 내면의 힘을 키우는 연습은 멈출 수가 없다. 꿈을 향한 고통은 오늘도 진행 중이다.

2020년 황금빛 들판을 바라보며 김영체